弗兰克爷爷的愿望清单

[英]詹妮·皮尔森 著 [英]大卫·奥康奈尔 绘
黄盈芳 译

中信出版集团 | 北京

图书在版编目（CIP）数据

弗兰克爷爷的愿望清单 /（英）詹妮 · 皮尔森著；（英）大卫 · 奥康奈尔绘；黄盈芳译 . -- 北京：中信出版社，2024.5

书名原文：Grandpa Frank's Great Big Bucket List

ISBN 978-7-5217-6261-7

Ⅰ . ①弗⊠ Ⅱ . ①詹⊠ ②大⊠ ③黄⊠ Ⅲ . ①儿童故事－图画故事－英国－现代 Ⅳ . ① I561.85

中国国家版本馆 CIP 数据核字（2023）第 248065 号

弗兰克爷爷的愿望清单

著　　者：[英] 詹妮 · 皮尔森
绘　　者：[英] 大卫 · 奥康奈尔
译　　者：黄盈芳
出版发行：中信出版集团股份有限公司
（北京市朝阳区东三环北路27号嘉铭中心　邮编　100020）
承 印 者：河北鹏润印刷有限公司

开　　本：880mm × 1230mm　1/32　　印　　张：8.25　　字　　数：220千字
版　　次：2024年5月第1版　　印　　次：2024年5月第1次印刷
京权图字：01-2024-0189
书　　号：ISBN 978-7-5217-6261-7
定　　价：35.00元

服务热线：400-600-8099
投稿邮箱：author@citicpub.com

这是一个关于我用近五十万英镑做了什么的故事。这是一个关于我们的遗愿清单，以及我在这个过程中所学所获的故事。比如，我学到了老年人泡在水里时其实很容易浮起来，还有，真正的幸福是无价的。

献给我的父亲——大卫·布朗，和我的爷爷——也是大卫·布朗，以及我的外公外婆——约翰和布伦达·格雷斯比。

我的名字叫弗兰克·达文波特，
跟我爸爸的名字一样，也跟我爷爷的一样。
这是一个关于我们的遗愿清单的故事。

如果爸爸早知道给我起跟他一样的名字会发生什么事，他就不会叫我弗兰克了。他也许会让妈妈随自己的意愿给我起名，我可能会被叫成塔尔坎、马默杜克或蒙哥马利[①]之类的跟我的长相不符的名字。但妈妈喜欢这种名字，因为这样她就可以在把我介绍给她网球俱乐部的新朋友们时，用她那故作优雅的声音说："这是我的儿子塔尔坎。"然后我会捋一捋自己的西装外套，说"幸会幸会"等诸如此类的话。

我是幸运的，因为最终爸爸按他的想法给我起名弗兰克。这个名字继承自他和他爸爸以及他爸爸的爸爸，可能还

① 塔尔坎、马默杜克、蒙哥马利在英语中有统治者、君主或贵族之意。——译者注

有他爸爸的爸爸的爸爸。

我想爸爸曾经很喜欢我们的这个家族传统，直到继祖母去世后（由于达文波特家族的关系出现了裂痕，爸爸一直忘了告诉我继祖母的存在），把所有的存款都留给了弗兰克·约翰·达文波特。

这对爸爸来说很不幸，因为那并不是他的名字。他的全名叫弗兰克·詹姆斯·达文波特。

我才是弗兰克·约翰·达文波特。正因如此，我最后获得了一个存有四十六万两千英镑的银行账户，和一个严格的指示——照顾好老老弗兰克，我称他为弗兰克爷爷（因为没有人有时间重复念“老老”）。

当然，妈妈和爸爸真的很渴望从我身上得到这笔钱。当他们不和对方吵架的时候，就是在想办法找法律的漏洞，好让我不得不把钱交给他们。他们不停地说这是一个天大的错误，但在我看来，诺拉奶奶会把存款留给我，并让我成为照顾弗兰克爷爷的人，必定有她充分的理由。即使我从来没见过她，但我不是那种会对已故继祖母的嘱咐置之不理的孩子。我是那种会认真对待这类指示的小孩。非常非常认真。

所以，这就是一个关于我用那些钱做了什么的故事。这是一个关于我们的遗愿清单，以及我在这个过程中所学所获的故事。比如，我学到了老年人泡在水里时其实很容易浮起来，还有，真正的幸福是无价的。

第 1 章

得来不易的“猴子”

在我得知诺拉奶奶遗产的那天，爸爸不知从哪儿赚到了一点儿钱。那天刚好是星期五，也是放暑假前的最后一天，他很早就来学校接我了。

其实那天有一个班级聚会，但我不介意错过。反正，那可能也没什么意思。我的毕业纪念册没有得到大家的签名，不过我也不太关心这个问题。在我们最近一次搬家之后，我只在圣玛格丽特学校待了几个学期，而我设法结识的同学们恰好在这段时间内都没有真正地和我说过话。我爸爸卖给了他们的爸爸一大堆山寨的须后水，把爸爸们的脸染成了紫色。

脸变成紫色是一回事，但更糟糕的情况是，我们年级的男同学把须后水用在了他们的腋窝，而泰勒·斯科特基本上是直接用它来洗澡的。他来到学校时，看起来就像一颗愤怒的利宾纳黑加仑。泰勒·斯科特在同学们中间是那种对谁跟谁要好有决定权的小孩。果不其然，我就这样被同学们排除在外了。

那天，当爸爸出现在学校时，我正在练习颠球，而我们年级的其他同学则在操场上一起踢足球。爸爸说他很想和我一起度过一个下午，由于这并不常见，所以我当时非常受宠

若惊。我也不太想继续待在这里。

“被关在这里简直太糟糕了，弗兰克。阳光明媚，鸟儿鸣唱。这正是一位父亲与他最喜欢的儿子共度好时光的一天。”爸爸一面说，一面用手揉了揉我的头发。

“哎，别碰我。”我把他的手打开，尽管我并不真的介意他这么做，“最喜欢的儿子？我是你唯一的儿子。”

“好吧，你应该庆幸你不是我第二喜欢的。”他笑着把胳膊搭在我的头上，好像我是某种用来倚靠休息的柱子。

“我帮你从这里逃出去吧。我已经在接待处的小伙子那儿签了字。”

“喂！”我说道，从他的胳膊底下躲开，和他一起大摇大摆地走出了校门，“我们要去哪里？”

我真希望能跟他在公园里一起踢踢球，但爸爸却说：“去教你一个你在学校学不到的东西——一个关于‘推销’的小东西。”他从后兜掏出一堆钞票，举到我的面前说：“闻闻看。用力闻一闻。现在告诉我，这是什么味道？”

我吸了一口气，但还没来得及回答，他就用那捆钞票拍拍我的脸，接着说：“你闻到的是成功的味道，没有比这更好闻的了。”

我不太确定爸爸说的是不是事实。那些钞票闻起来感觉有点儿怪，就像学校储物柜的味道。但我在思考的并不是这股味道。我在思考的是，爸爸怎么突然变得这么亢奋。如果他又在耍老把戏，妈妈一定会不高兴的，因为妈妈已经劝他找一份正当的工作很多年了。

“你从哪里弄来这些的？”我问道，试图跟上他的步伐。

“什么都不要问我，儿子，我就不会骗你。”他说这句话时对我眨了眨眼睛，并露出一个大大的笑容。我也情不自禁地咧嘴笑了。瞧，我爸爸就是这种人。妈妈过去常说，他是一个真正的有魅力的人。曾几何时，那种示好的眼神和笑容在妈妈身上也很管用。但现在不怎么奏效了。

爸爸把钞票放回他的钱包，塞进他的外套口袋里。“在这个世界上，没有什么比钱更重要，弗兰克，你别忘了这点。”

“你打算用它来做什么？”

“我打算投资。”

“投资？”经验告诉我，我们现在并不是在去往银行的路上。

“市面上有很多带亮片的小马玩偶，每个卖一英镑。我会把它们标价为五英镑一个，今天下午拿到学校门口去卖。学期末孩子们都很兴奋，不是吗？你等着，我会把一百块钱变成一只猴子——”

“猴子？我一直想要一只猴子！”其实我喜欢所有的动物，但猴子是我特别喜欢的。

爸爸用力拍了一下我的背，大笑起来。“不是啦，弗兰克，你这个傻瓜。一只猴子指的是五百英镑，不是真正的猴子。谁会想要一只真正的猴子？”

虽然这是一个愚蠢的问题，但我还是回答了："呃，我觉得你应该说的是，谁会不想要一只真正的猴子。"

爸爸说："儿子，想要把灵长类动物弄到手可不容易。"好像他以前有过类似经历似的。接着他说："你边看边学吧，儿子。我要在圣玛格丽特学校的大门口卖掉那些小马，发大财，然后给你妈妈买一个她一定很喜欢的东西，重新得到她的芳心。"

如我所料，这些亮晶晶的小马并不是真品。它们看起来更像是劳累过度的小驴子，但爸爸说得对，关键在于"推销"。

而且，嗯，我爸爸确实很会推销。

"总的来说，儿子，"他用胳膊搂着我的肩，"你要让别人相信他们想要你的东西。让他们认为你提供的是他们在其他地方无法得到的东西，让他们觉得这是一个在他们有生之年千载难逢的机会，如果他们错过了，那就太愚蠢了。"

我不确定这五颜六色的小马玩偶在我有生之年有多么千载难逢，但爸爸说："弗兰克，你的话比产品本身更有力量。"事情证明爸爸说得对。

在他的嘴里，那些驴子成了闪闪发亮的骏马，他成功地把它们都卖出去了。在那之后，他的心情非常好。而我可能还是更喜欢在公园里踢踢球，练练踩单车[①]。那天我们走进爱

① 足球术语，指双脚不断在足球上方迈来迈去，做假动作以迷惑对手。——译者注

顾商城时，他满脸笑容，神气十足。他告诉售货员，他想要一款钱能买到的最好的洗衣烘干机，甚至还多付了钱让他们立刻送货。

回家的路上，爸爸在报刊亭给我买了一瓶汽水，还是妈妈从来不让我喝的那种蓝树莓口味（妈妈说蓝树莓这种东西实际上根本不存在）。爸爸喝了一口他的Irn-Bru[①]，说道："达文波特家的人天生就是赢家，弗兰克。你听到了吗？"

我听到了他说的话，但"紫色腋窝"事件已足以让我对这句话产生怀疑。

我的怀疑是对的，因为当我们回到家时，看到妈妈站在门口的台阶上，她那件格雷斯比百货商场制服外套了一件豹纹丝质长袍，看上去既漂亮又凶狠。不是天才也能看出她怎么了，因为她手里拿着一只黄色的小马玩偶。

没等爸爸说话，妈妈把玩偶举了起来，抬起它的尾巴，小马的嘴里发出了一种逼真又可怕的恐龙咆哮声。"我的电话一直响个不停，弗兰克。苏珊娜·蒙哥马利担心她的小菲奥娜今晚会睡不着觉，因为她被你在校门口卖给她的这个可怕玩偶给吓坏了。"

我忍不住窃笑起来。爸爸那一贯自信的笑容微微颤抖了一下，接着说："意外的惊喜，这还有音频呢！"

妈妈狠狠地瞪了他一眼，然后不知为何也瞪了我一眼。

① Irn-Bru是苏格兰的一种流行的碳酸饮料。——译者注

“我该拿你们俩怎么办？”

“给我们泡杯茶如何？”爸爸提议。但从妈妈脸上的表情来看，这件事似乎不会那么轻易地结束。

她的嘴巴张得超级大，准备要大吼大叫似的。但就在这时，送货的卡车出现了，她的红唇啪地合上了。她扬起那条

愤怒的左眉毛，怀疑地问道："那是什么？"

爸爸挺起胸膛，说："这是给你的礼物，坦尼娅。一台全新的洗衣烘干机。我觉得这是你应得的。"

我以为这会赢得妈妈的芳心，但不知何故，她似乎不太高兴。

她眯起了眼睛，说："你觉得我应得一台洗衣烘干机？开什么玩笑，弗兰克？"接着她向那些把它从卡车后面卸下来的工人吼道："不管它是从哪个肮脏的地方来的，请你们把它带回去。"

爸爸说："是从爱顾商城买的。卡车边上两米长的字写着呢。"

这听起来是一个足够合理的回答，但她走进屋里，砰地关上了门。

爸爸用他那明亮的眼睛看着我说："你知道你妈妈像什么吗？"然后抬起小恐龙驴的尾巴，玩偶发出可怕的吼声。

我们俩笑个不停，直到妈妈打开门说"我听到了"时，我们才瞬间闭嘴。

妈妈说："你，给我进来。"

爸爸向前走去，但妈妈举手拦住。"不是你，是他。"我觉得她指的是我，因为我是那里除了爸爸以外唯一的人，所以我从她身边走进了屋里。

"你，亲爱的，"她对爸爸说，"需要去收拾一下你刚刚弄出的烂摊子，否则我真的会冲你吼。"

“就当作已经解决了吧，我的宝贝——”爸爸的话刚说到一半，妈妈再次砰地关上了门。

她深深地叹了口气，翻了一个白眼。“真是的！这个男人！”

我爸爸并不完美，妈妈也有她的缺点。我想每个人都是如此。尽管他们经常争吵，但他们彼此相爱。爸爸不需要通过送妈妈家用电器来证明这一点。遗憾的是，他似乎没有意识到这一点——从长远来看，这本可以为所有人省去很多麻烦。

第 2 章

对穿着闪亮西装的男人撒谎可以不算数

爸爸消失后，妈妈又接到了一通来自恐龙驴顾客的投诉电话，这让她本就糟糕的心情更是雪上加霜。她冲进厨房，用力地打开冰箱门，像要把它从冰箱上扯下来似的。然后，她把一盒热带水果汁重重地摔在操作台上，像要把它砸碎一样，问道："你要喝点儿吗？"听起来就像是如果我说不要，她可能会试图把它塞进我的喉咙里。

我说了一声"嗯"，因为我以为那是在这种情况下最安全的回答。

"嗯什么嗯，小伙子？跟你爸待在一块儿一个下午，你的礼貌全去哪儿了？"她挥着果汁盒说，结果一些橙色的液体洒在了地砖上。“看看他给我惹的麻烦！他做的那些事早晚把我整死！他为什么不能找一份正常工作！他竟然在学校门口把这些东西卖给你的新朋友，他到底在想什么？”

她把果汁盒重重地摔回操作台上，结果更多果汁溅了出来。“所以，你要吗？”

我咽了咽口水。“是的，好妈妈，我想要一些果汁，如果还有剩的话。”

她给我倒了一杯果汁，然后叹了口气。“对不起，你知道他真把我给惹毛了。玩偶的事！还有买洗衣烘干机的事！我已经有一台洗衣烘干机了，尽管它可能很旧，需要借助一点儿外力才能启动，但它还能工作。我需要的是让债务——”她打住了，“你不需要听这个。”她捧起我的脸，凑近说：“告诉我，我英俊的儿子，你们的六年级聚会怎么样？”

我不介意她说我英俊，但我确实对她完全没有边界感而不满，于是我挣脱出她的手掌，说：“不知道。”

“什么意思？你不知道？”

“我没去。爸爸很早就来接我了。”

“他干了什么?！”她吼得很大声，我整个人跳了起来，果汁从我的鼻子里喷了出来，这简直超乎想象。

“拜托，至少告诉我，你让大家在毕业纪念册上签名了。我就是为了这个才加入那个组织委员会的。这并不容易，那些爱挑剔的女人总是对我评头论足，因为自从你爸把须后水卖给她们的老公后，他们不得不看起来像紫色的蓝精灵一样去上班。”

想象到那个画面，我忍不住咯咯地笑了起来，我注意到妈妈也在努力憋笑。她翻了个白眼说：“这不好笑，弗兰克。”尽管明明很有趣，“现在，跟我说说毕业纪念册的情况吧，怎么样了？”

我耸了耸肩。“这不重要。我并不介意。”我不想承认没有人愿意给它签名这件事，“爸爸倒是教了我‘推销’的技巧。”

妈妈闭起眼睛，低声说：“赐我力量吧。真是受不了了。”

我不知道她在和谁说话，但我希望无论是谁，都不要再给她任何东西了。她已经够强大了。

当她再次睁开眼睛时，她说：“这很重要，弗兰克。”然后摸了摸我的脸颊。她的语气听起来有点儿不高兴，这让我怀疑她说的“重要”确实是对的，但我不想过多地思考这个问题。

“还有什么‘推销’？我简直不敢相信我听到的。”她用手指指着我，颇有威胁的意味，“你长大后要找一份正当的工作。”

我说：“比如，成为查尔顿竞技足球俱乐部的球员，或者动物园管理员？”但我感觉她没有听到我说的话，因为她不停地在怒吼。

“我真不敢相信，他把你从学校带出来去卖那些妖魔鬼怪小驴子，而且还是到校门口去卖。你知道我现在想对他做什么吗？”

此时门铃响了，我以为我可以幸免于知道妈妈到底想对爸爸做什么，结果她继续说：“如果他带着洗衣烘干机进来，我发誓我会把他塞进洗衣烘干机里，用超级高温和高速旋转的水流冲洗他，煮熟他的蠢脑袋。”

幸好，站在门口的不是爸爸，是一个穿着深蓝色闪亮西装的男人，可以看出他为此花了不少钱。

“请问这里是弗兰克·达文波特先生的家吗？”

我一眼就能看出他是那种谈吐高雅的人。但不是那种妈妈在学校会议上，或在她最近加入的网球俱乐部里装出来的高雅。

妈妈靠在门边上，把她蓬松的金发拨到了耳后，用她做作的口音说道：“您是……？”

我们俩都习惯了为爸爸筛查不速之客，这样就不用面对任何想聊聊爸爸最近做的事的令人讨厌的访客了。

“我是温特森律师事务所的。”

妈妈准备关门，用回她原本的口音说：“听好，我们已经分居了。”虽然这是谎言，但我还是不喜欢听到这句话，“如果他卖给了你什么东西，你想退货，那找我没用。我已经好几个月没见到他了。”

就在门锁咔嗒一声响起的几毫秒前，这个穿着精致的男人开口说："达文波特夫人，恐怕你搞错了，我来这里是为了——"

妈妈不喜欢别人说她做错了什么，所以她用了比平常更大的力气再次打开了门。这个可怜的家伙被吓得差点儿跳起来。

"你的意思是，你比我更清楚我最后一次见到我丈夫是什么时候吗？"

"我……我……"

"就算你让我去找他，我也没有办法。我甚至不知道怎样才能联系到他。"她转向我寻求支援："你说对不对，弗兰克？"

"没错，妈妈。"我不是特别擅长说谎，但我知道该怎么做。达文波特应该彼此照应。而且，对穿着闪亮西装的男人撒谎可以不算数。

那个男人畏缩了一下，这是可以理解的，因为妈妈生气时有点儿吓人。她个子虽小，但正如爸爸所说，她很强势。

那人整理了一下自己的领带，说道："达文波特夫人，如有任何冒犯，还请您见谅。"他说得特别客气，"但我不是来讨钱的，而是来给钱的。"

这让妈妈大吃一惊。我也被吓到了。因为不是每天都会有一个穿着非常闪亮的鞋子、留着奇怪但有弹性的头发的男人出现在眼前，想要给你钱。

"我想，如果您同意让我进屋的话，您会发现我要说的事会非常令人满意。确实非常令人满意。”

我完全同意。但妈妈需要更有说服力的解释。“你说的是什么意思？什么叫作‘令人满意’？没有人会白白送钱。有什么条件？”

“我不确定在门口讨论这种问题合不合适。”

妈妈扬起她愤怒的左眉毛，让这个人知道他们俩已经在这样做了。

“好吧，如果您坚持这样的话。”他清了清嗓子，“我是来和你们讨论遗嘱中的一大笔钱的问题的。”

这句话引起了妈妈的注意。我一定是看起来很困惑，所以她说：“这是关于一个人死后要把钱留给谁的指示。”

这句话也引起了我的注意。

我开始思考我可以用一大笔钱买到的所有东西。不知为何，猴子是第一个出现在我脑海里的。

妈妈愤怒的眉毛微微垂下。“你说的一大笔钱有多大？”

现在回想起来，我并不感到自豪，因为不管是妈妈还是我，当时都并不关心是谁死了。

无论如何，对于我们共同关心的问题——这笔钱到底有多大的问题，答案是“相当大”。

这使妈妈让开了门。“我想您最好还是进来……不好意思，我没听清您的名字。”

“福斯特。”

“福斯特先生，请进。”

她那装腔作势的口音又出来了。

“我得说一下，达文波特夫人，谈这件事您的丈夫需要在场。”

妈妈抬起沉重的眼皮看着我，显然又忘记了维持优雅的姿态，她用听起来很疲惫的声音说：“弗兰克，给你爸爸打个电话，好吗？”

福斯特先生的额头皱得像一排躺着的问号。“我还以为您不知道怎么联系他呢？”

妈妈露出涂着口红的灿烂笑容——那个让大多数人给她她想要的东西的笑容，然后说：“噢！福斯特先生，我不记得我这么说过。我想您一定是搞错了。快坐下吧，您想喝点茶还是咖啡？”

我打电话给爸爸，告诉了他关于律师、遗嘱以及那一大笔钱的事。二十分钟后他便带着一个装满五彩缤纷的咆哮小马的乐购袋子出现，眼神中流露出了一种渴望。我们聚集在客厅里，妈妈在玻璃咖啡桌上放了一盘吉卜林先生[①]点心。这让我很高兴，因为我们从来没有吃过，而且自从妈妈买了那块毛茸茸的白色地毯后，我就不被允许在客厅里吃东西了。在福斯特先生打开他的公文包前，我已经把两块“法式幻想”和一块“樱桃贝克韦尔”吞下肚了。在我看来，当机

① 英国的一个点心品牌。——译者注

会到来时，你必须抓住它。总之，我对眼前发生的一切感到很兴奋，那时的我甚至不知道之后还会有那么多精彩的事等着我。

福斯特先生掏出一个泛黄的厚信封，说道："这是诺拉·路易丝·达文波特的遗嘱。"

我的表情逐渐严肃起来。"谁？"

爸爸平淡地回答说："我的继母。我想是你的奶奶吧。"

"我有一个奶奶？"

"嗯，现在没有了。"

"但是我曾经有过一个奶奶。你不觉得这是一件需要告诉我的事吗？"

爸爸耸耸肩，好像这没什么大不了的，然后说："你从来没有问过。"听起来就像询问死去的继祖父母是一个常规的生活话题一样。

"可是，爸爸——"

"弗兰克，儿子，我们以后再谈这个好吗？那是家务事。我们先来听听福斯特先生对这笔'相当大'的钱要说些什么。"

福斯特先生瞥了一眼他那块看起来很名贵的手表，说："是的，我希望可以尽快开始执行遗嘱的程序。"

爸爸调整了一下在扶手椅上的坐姿，接着紧握妈妈的手说："亲爱的，这可能是解决我们所有麻烦的关键。也许那个老女人终于为我做了件好事。”

我觉得在这种情况下说“老女人”有点儿过分，但妈妈似乎没有注意到。她试图保持理智，说道：“嘘，让我们听听福斯特先生要说什么。”但我看得出她和爸爸一样激动。

福斯特先生清了清嗓子，准备开始说话。他看着爸爸，用非常庄重的语气说：“我，诺拉·路易斯·达文波特——”这让我忍俊不禁，因为他看起来一点儿也不像

诺拉。

他看了我一眼，然后继续说道："遗赠四十六万两千英镑给弗兰克·约翰·达文波特。"

那一瞬间，我差点儿被口里的柠檬蛋糕给噎死。

因为弗兰克·约翰·达文波特是我。

我可以买一只猴子了。

只要我愿意，我甚至可以买一整车的猴子。

第 3 章

如果你想
对一场争吵视而不见，
那就吃点心吧

有那么一会儿谁都没有说话，因为我们都在试图搞清楚我那意外之财是怎么一回事。不知为何，我的新财产对爸爸妈妈而言，似乎并不是一个令人愉快的消息。

终于，妈妈站了起来，在我们不应该穿着鞋子踩上去的那块毛茸茸的白色地毯上走来走去，一遍又一遍地说：“一定是哪里搞错了。你不能把这么多钱交给一个十一岁的孩子。”

爸爸把那袋小马一脚踢飞到房间的另一边去，小马撞到

墙上，哼哼着咆哮起来。爸爸用手捂住脸。“果然！果然是这样！她很可能是为了报复我才故意这么做的。”

而我却很开心。我的嘴里塞满了蛋糕，一边咧嘴笑，一边想着：四十六万两千英镑！简直太棒了！我不太确定是不是准确，因为我不太会大数目的四舍五入，但我想这应该是接近百万英镑的一半。有了这些钱，我绝对买得到一张查尔顿竞技足球俱乐部的赛季票。

从屋子里我们仨不同的反应，福斯特先生才发现事有蹊跷。他指着我说：“你是弗兰克·约翰·达文波特？我以为那是你的父亲。”

“不。我爸爸的名字是弗兰克·詹姆斯·达文波特。”事情变成这样，不让自己的语气听起来很高兴真的是太难了。

听我这么回答，福斯特先生顿时有点儿手足无措。“噢，我的天哪。好吧，如果我没记错的话，这里也有留给弗兰克·詹姆斯·达文波特的东西。”

顿时，妈妈停止了踱步，爸爸也把手从脸上挪开了。

“说下去。”他们异口同声地说道。

福斯特先生仔细看了看那份看起来很重要的文件。“让我看看……嗯。”他把它翻了过来，“我记得它就写在这儿。啊，是这个。听好了。”

爸爸妈妈瞪大了双眼，他们的眼睛从来没有像现在这么大过。

“弗兰克·詹姆斯·达文波特，我把我珍藏的拼图、泰迪熊汉普汀克和两百三十英镑留给了你，这些钱会在你十八岁生日或之后交付。”

爸爸重新用手捂住了脸，妈妈靠在壁炉架上稳住身体。

福斯特先生抬头看着爸爸，露出一个淡淡的笑容。“嗯，那两百三十英镑你就不用等了，因为你看起来已经远远超过十八岁了。”

换作我是爸爸，当时的我一定难受极了。

不过作为我自己，简直是太棒了。我突然变成了我认识的人中最富有的小孩。不管怎么说，至少在金钱方面是这样的。

“听我说，”爸爸一把抓住福斯特先生的袖子，“这明显有差错。这四十六万两千英镑是给我的，傻子都看得出来。”福斯特先生猛地一扯，把爸爸的手给拽下来。“我们必须遵守法律，达文波特先生。法律站在弗兰克·约翰·达文波特这一边。”

听到福斯特先生说法律站在我这边，我感到很高兴。我有一种直觉，爸爸永远不会让法律站到他那边去，毕竟他有售卖可疑商品的前科。也就是说，这笔钱是跟我一样善良的好东西。

妈妈用一种介于笑声和尖叫声之间的声音说：“你不能给一个孩子四十六万两千英镑。他只会把钱花在漫画和电脑游戏上。”

我心想：我才不会，我要把钱花在足球装备和猴子上。不过我没有开口解释，我只觉得有点儿生气，因为她在试图坏我的好事。

“实际上，”福斯特先生说，“这笔钱附有一份关于应该用它来做什么的指示。”

我的心微微一沉。直觉告诉我，那不会是一双顶级的足球鞋，也不会是一篮子的猴子。

福斯特先生又举起了那封信。“这笔四十六万两千英镑的款项应该主要用于确保居住在秋叶之家养老院的弗兰克·欧内斯特·达文波特得到持续的照顾，过得健康幸福。”

“谁？”同样的问题，那天我问第二次了。

“那是……”爸爸叹了口气说，“你爷爷。”

“我还有个爷爷？”这简直太不可思议了。

“你知道你有一个爷爷，”爸爸一口理所当然的语气，“只是我和他从不说话，就这样。”

也许是我忘记了，但我很肯定的是爸爸从来没有提起过他。我现在知道了那是因为他不喜欢谈论他们之间发生过的事。

“我真的不知道！我发誓！你还有什么亲戚是忘了告诉我的吗？我没有藏在楼梯下的二表哥，或者藏在棚屋里的叔叔伯伯吧？有吗？”

爸爸翻了个白眼。“别傻了，弗兰克。”

“你文尼伯伯根本挤不进棚屋里，因为那儿还有很多你老爸没卖出去的无袋风笛呢。”妈妈直言不讳地调侃道。

“我只是在等待合适的买家，亲爱的。”爸爸的话无法令人信服，“听我说，弗兰克，我一定向你提过你的爷爷。”

“嗯，也许吧，但你应该是说得好像他已经死了一样。”

“儿子，你有一个还活着的爷爷。开心了吧？”

我思考了一下，意识到自己确实是应该开心的。我在短短的一个下午里获得了四十六万两千英镑和一个爷爷。不幸的是，我失去了一个继祖母，但我想天底下没有十全十美的事。

福斯特先生轻轻咳了一声。“还有其他的，如果我还可以继续说的话。”爸爸举起双手，说：“继续说吧。我简直兴奋得无法自已。还有什么？她是给我留了一辆小自行车，还是一辈子都吃不完的草莓味鞋带糖呢？”

我不知道他为什么说得好像那一定会是糟糕的东西。

福斯特先生递给我一个信封。“不是的，除了遗嘱，还有一封给弗兰克·约翰·达文波特先生的信。它可能可以把整件事解释得更清楚。”

爸爸接着说：“那就继续吧，儿子。把它读出来。还在等什么？”我打开信封，大声地读了出来。

亲爱的弗兰克：

在我生命的最后时刻，我发现自己只有一个遗憾，那就是我在你的家庭中造成的裂痕。现在，老弗兰克孤身一人，且不总是拥有完善的心智能力，我把这些钱留给你，是希望你能照顾他。他觉得自己不需要任何人。但就像大多数的事情一样，他的想法是错的。请向他展示他所需要的关怀，如果你这样做了，我保证你也会得到奖励的。

诺拉·达文波特

一时间谁也没说话，我想有很多东西需要我们慢慢消化。

过了许久，爸爸开口说道："我真不敢相信那个女人的胆量，她居然还敢在死前谈这个。在我看来，就是因为她，爸爸才会抛弃我们。我永远不会原谅他们俩。"

不知何故，我明显感觉到爸爸很不喜欢诺拉奶奶。不像我，我觉得她很了不起，尤其在选择把她所有的存款都留给谁这方面特别明智。

妈妈说："你觉得那个奖励是什么？钱？一定还有更多的钱。"

我当时也希望是钱。在那一刻，所有事情对我来说都非常好。我得到了四十六万两千英镑，有了一个爷爷——这特别好，因为我的另一个祖父，也就是我的外公，住在西班牙的阳光海岸。而且，我还有机会获得更多的“奖励”，而现在还没有到下午茶时间。

福斯特先生站起身子，拂去裤子上的点心碎屑。“我给各位一点儿时间去消化这些信息，我也会尝试看看能不能查出更多关于那个神秘奖励的信息。与此同时，达文波特先生，如果您能向我提供您自己的银行账户详细信息，我将替您处理两百三十英镑的转账事宜。”

我举起手说：“请问，我的四十六万两千英镑呢？”

“达文波特夫人在她去世前，以弗兰克·约翰·达文波特的名义开了一个银行账户。应该过几天卡就会寄到了。”

“什么样的卡？”

“借记卡。”

这真是个好消息。有了这张借记卡，我就可以自由地登录那个存有四十六万两千英镑的银行账户。我上一次感到这么幸运是在游泳馆的储物柜里发现了一枚硬币，然后在自动贩卖机买一块特趣迷你焦糖夹心巧克力时机器里掉了两块出来。

尽管如此，妈妈还是超级不满意。她看福斯特先生的眼神，跟看她的洗衣烘干机礼物的眼神完全一样。“你不会是认真的吧！你不能给一个十一岁的孩子一张里面有将近五十万英镑的银行借记卡，你也不能指望他去照顾一个老人。弗兰克，你说话呀！”

我说：“老实说，我对此没有意见。”

“我说的不是你，弗兰克，你这个笨蛋。是你爸。当你爸提议用一样的名字给你起名时，我就知道会出问题！但我万万没想到会是这么严重的问题，简直超乎了我的想象。”

爸爸没有理会妈妈对同名的意见，只是说：“福斯特先生，我妻子说得对。这太荒唐了。”

福斯特先生一定是感觉到了事情的不妙，因为他向后退了一大步，然后走进门厅过道。“也许事实是像您所说的那样，但这是您需要向法院提出的问题。如果您想对遗嘱提出异议，我建议您走正当的法律途径。”

“那我们要花多少钱？”妈妈不耐烦地说。

福斯特先生没有回答，因为他已经从前门溜走了。

我吃光了最后一份超赞的吉卜林先生点心，而妈妈和爸爸在争论他们要怎么做才能从我这里拿走我的钱，然后把奖励归于他们自己。在我看来，他们想干什么就干什么去吧，反正他们最后不会如愿以偿的。因为福斯特先生说过，法律站在我这一边。所以，我自动屏蔽了这些争吵声，想着除了足球装备和宠物猴子以外，我还可以把钱花在什么地方。

但这时我想起了我已故继祖母的

嘱咐，她要我照顾好弗兰克爷爷。我不需要一双亮闪闪的足球鞋，也不需要一只陪我玩耍的猴子。我有一个没见过的、还在世的爷爷，我要好好地照顾他，这样才能获得惊喜奖励。我首先要做的就是找到我的弗兰克爷爷，相信这比抓猴子要容易得多，因为老人行动的速度没那么快。而且，我还有一个线索——秋叶之家养老院。

第 4 章

即使你不是每天都穿干净的内裤，也要告诉你妈妈你穿了

当妈妈和爸爸在密谋怎么背叛我，并互相嚷嚷着谁的策略最好时，出于纯粹的兴趣，我上楼回到了我的房间，想在网上搜索一下猴子的价格。但是，不知不觉中，我却在浏览秋叶之家养老院的网站。结果发现，原来秋叶之家养老院离我们的家只有半个小时的路程。我简直不敢相信，我们搬到了一个离我爷爷很近的地方，却没有人想过提起这件事。我猜可能是因为我们这次搬家比较匆忙。爸爸妈妈并没有告诉我搬家的具体原因，但从我无意中听到的谈话来

看，是因为爸爸向别人借了钱却无力偿还。

不管怎么说，我承认当我知道弗兰克爷爷其实近在咫尺时有点儿恼火，于是我跺着脚走下楼，想要和他们吵一架。当我冲进客厅时，妈妈正在大喊着她能把她的新洗衣烘干机放在哪里，我猜应该不是在杂物间。爸爸则大声回答说，他知道很多女人喜欢全新的洗衣烘干机——连我都知道这不是最好的分辩方式。

我没等所有的喊叫声停下来，而是直接跟着喊了起来："秋叶之家养老院距离这里只有半小时的车程！"

我想他们都忘了我的存在，因为当他们看到我站在那里时，看起来非常震惊。他们俩什么都没说，所以我又试了一次。"半小时。离这儿半小时路程的地方就住着我的爷爷奶奶。搬到这里的时候你们就应该告诉我！"

"严格来说，儿子，住在离这儿半小时路程的地方的只有你的爷爷。"

妈妈狠狠地捣了一下爸爸的胳膊，皱起眉头说："好好说话。"接着转向我，"弗兰克，我们没有告诉你，是因为你爸爸和你爷爷不怎么合得来。因为某些事，他们已经很多年没有和对方说话了。"

我看向爸爸。"你为什么这么多年都不和你爸爸说话？"

"因为我永远不会原谅一个抛弃家人的男人。当年他离开了我们，再也没有回来。"

"那他知道我吗？"我问，"或者说，他知道我的存在吗？”

“肯定有人告诉过他。”爸爸说。

我抱起双臂，向他们表明我是认真的。“我想见见我的弗兰克爷爷，特别是我现在已经成为负责打点他一切的人。如果我想得到那个额外的奖励，我就得开始好好地照顾他。”

可能在你看来，我唯一感兴趣的是钱，我想这确实可能是我最关心的。但我也很渴望拥有自己的爷爷奶奶。别的小孩都有，我不明白为什么我不能也有。

爸爸把手搭在我的肩膀上。“听着，儿子，我知道你以为你会拿到所有的钱，但不管福斯特先生说了什么，那些钱都是属于我和你妈妈的。”

我后退了一步。“不，才不是。那是我的。那是属于我的。法律是这么说的。弗兰克爷爷也是我的！”

爸爸笑出了声，这让我有点儿恼火，他说：“他不是一个宠物，儿子。”

我从来没有把他当作宠物。真的没有。

妈妈接着说：“连你每天有没有穿上干净的内裤都非常令人怀疑，你干吗要去照顾一个你根本不认识的老头儿？不，这根本不可能发生。”

我没说是因为我宁愿待在任何一个地方也不想听他们吵架。或者说那个暑假我没有别的事可以做，因为我没有朋友，而这要归功于爸爸和他那荒谬的快速致富计划。我也没有说我已经受够了在网球场边等着妈妈和她的教练——黑不溜秋的托尼——教她完善反手击球动作。我已经受够了他们对我的不闻不问。我已经受够了这种孤独的感觉。对他们来说，我总是次要的。他们成天忙着关心自己的事，从来都顾不上我。

我什么都没有说。我甚至没有提到任何关于奖励的事。我只是说："太过分了！我一直都穿着干净的内裤，这位女士！"这并不全是谎言。然后我噔噔噔地回到了楼上。

就我自己而言，爸爸妈妈想说什么就说什么去吧，反正我已经下定决心了。我接到指示要照顾我的爷爷。在我看来，如果你被要求照顾某人，那么你最好去做。爸爸妈妈没有意识到这份责任，这并不是我的问题。

当我砰的一声把门关上后，我顿时有种把房间给砸了的想法，但我意识到那只会导致我的一堆东西被砸坏，这感觉有点儿愚蠢。比起做一些有破坏性的事，我决定改做一些有意义的事。

我给秋叶之家养老院打了电话。

接听电话的是一个声音温和又轻柔的男人。"您好，我是史蒂芬。这里是秋叶之家。很愉快能为您提供服务。"

愉快——这听起来令人充满希望。

"你好，史蒂芬。我叫弗兰克·达文波特，我希望能拜访一下我的爷爷，他也叫弗兰克·达文波特，尽管我并不真正认识他。是这样的，我被要求照顾他，而我有一卡车的钱来支援我做这件事。”

电话那头传来倒吸气的声音，接着一个非常不温和也不轻柔的声音说道：“孙子？他还有一个孙子！我相信达文波特先生一定很想见到你。自从几个月前他的妻子去世后，亲爱的老弗兰克就有点儿迷迷糊糊的。有空时请你一定要来坐坐。探访时间是周一至周日的早上九点至下午五点。我会提前告诉他你会来，好吗？”

“最好不要。我想把它当作一个惊喜。我明天就过去。”

“一个充满惊喜的孙子，带着一卡车的钱，明天要来拜访！这简直是天大的好消息！我相信弗兰克见到你一定很激动。你的出现将带给他一个愉快的周末！”

我觉得史蒂芬说得没错，这真是个天大的好消息。尽管当时我并不真的这样认为，但可以肯定的是我不用独自一人度过这个暑假了。明天，我就会出现在爷爷面前，开始照顾他。我敢打赌他会很兴奋，我们会建立良好的关系，我很快就能把那个奖励拿到手。当然，我对怎么照顾老人和怎么照顾猴子的疑惑一样多，但这只让我担心了一纳秒。因为，说实话，这能有多难呢？

第 5 章

相信我，你一定要掌握的两项生活技能是：一、大声吹口哨；二、引体向上

第二天早上开始放暑假，我比自己想象的要积极得多。以前，我只能在公园里踢球或独自玩电脑游戏，但现在我有钱了。而且，这，感觉，真棒。

爸爸早早出了门，说去办点儿事，当他不想让别人知道他要干什么去的时候，就会这么说。今天是妈妈的休假日，这意味着她要去网球俱乐部。她在一场她不记得参加过的比赛中赢得了六个月的会员资格。说实话，我从来不觉得网球会是她擅长的东西，但她看起来真的投入进去了。

她在我身上留下了一个大大的口红印，然后就出门去了，去跟她那黑不溜秋的网球教练托尼学习如何击球。而我搭上了去往秋叶之家的公交车。自从我小学毕业后，爸爸妈妈就很放心让我一个人出门。只要我不走得太远、不惹麻烦就行。

我迫不及待地想要拿到银行卡，因为这样我就可以付钱叫出租车来接我了。甚至可以是一架直升机，又或者我可以骑骆驼去。我一直以来都很想骑骆驼。我默默记下之后要去查查租骆驼需要花多少钱。

到了那里，我望着秋叶之家门前的碎石小道，大声对自己说："我来了！弗兰克爷爷，我来照顾你了！"

当我沿着车道走进去时，我开始想，不管是谁给这个地方命名的，都非常不严谨。因为如果你问我我预期会在一个叫作"秋叶"的地方看到什么，我会说树。但是这里连一棵树都没有。实际上，甚至连灌木丛都没有。秋叶之家只有一栋灰色的大砖房。除了它看起来真的很压抑以外，我找不到其他可以形容它的词汇。我有点儿紧张，但这种感受是无济于事的，所以我把它搁在一旁，因为我有重要的任务要执行。

我从自动门走进去时，坐在接待处的那个皮肤白皙、头发凌乱的男人并没有抬起头来。他咬着圆珠笔的嘴边沾到了一点儿墨汁，他似乎在专心致志地做着什么事。我站到了桌前，他仍然没有抬头。我这才发现他正盯着一个填字游戏，只见他喃喃自语道：“两个单词，第一个单词六个字母，第二个单词两个字母，是个礼貌用语。”

他的胸牌上写着“史蒂芬”，所以我猜他很可能就是昨天晚上和我通话的那个人。由于他看起来不能迅速地找出字谜线索，所以我特别有礼貌地说：“打扰一下——”

“噢对！就是‘打扰一下’[1]！”他把答案写在方格里，然后看着我说：“干得漂亮，你个小机灵鬼！”

一时间，我不知道该说什么，因为机灵这个评价来得有点儿意外。我想我以前从来没有被称为小机灵鬼过，必须承认，我有点儿喜欢这个评价。过了一会儿，我终于想起了我来这里的目的，于是开口说道：“我是弗兰克·达文波特，昨天跟你说过我要来看我的爷爷。”

他放下手中的填字游戏，笑了一下，露出一颗有缺口的门牙。“所以你就是那个有一卡车钱的孙子。”他站起身来，上下打量着我，我觉得他有点儿像是在要求我证明这一点。

“我现在身上没带着钱，如果你是在想这个的话。”

他亲切地笑了起来，眼角挤出了鱼尾纹。

“跟你说，你不知道我见到你有多么开心！那个老男孩正需要一个来探望他的人。自从达文波特夫人去世后，他

① “打扰一下”的英文为“Excuse me”，恰好是填字游戏的答案。——译者注

就变成了‘臭脸’弗兰克。你往前穿过那道门和康乐室就到了。他在休闲室里，但没在画画。今天上午进行的是美术活动，主题是‘画出让你快乐的东西’。”

我看着那些门。一想到我的爷爷就在另一头，感觉就好奇妙。我突然有点儿担心。如果我根本不会照顾他怎么办？如果他不喜欢我怎么办？如果他因为和我爸的矛盾而不肯见我怎么办？

史蒂芬一定是感觉到了我的迟疑，他说："去吧，小伙子，没有什么好担心的。"

虽然结果证明他是错的，但他的话还是激励了我。我大步走过走廊，穿过里面只有两个老人在棋盘前睡着的康乐室，带着比本来更多的信心大步地走进休闲室。

我听说老人身上的味道很奇怪，可以肯定的是当我踏进休闲室时，确实有一股强烈的气味扑面而来。我并不是说那个味道很难闻，只是嗅起来有点儿怪。如果硬要我形容的话，我会说有点儿像水煮西蓝花和消毒湿巾的味道。

休闲室并不完全像我想象的那样是一个令人振奋的地方。那里有一条褪色的红地毯、一堆长椅和高背椅，还有一大群老人像旧旧的五彩纸屑般零星地散落在里面。有的在画画，有的在睡觉，有的在看书，有的在打毛线。也有的只是坐在那里，不知道在目不转睛地看什么，有点儿奇怪。四周死气沉沉的，只有偶尔的咳嗽声、编织针的咔嗒声，还有从一个正在努力画看起来像是翼手龙的老太太嘴里传来的"该死！"的声音。这显得很古怪，因为绘画的主题明明是"画出让你快乐的东西"。

我环视着这些老人，寻找着老老弗兰克，就在那时我突然惊觉，我根本不知道我爷爷长什么样子。那里的任何一个老人都有可能是他。必须承认，这是我的一点疏忽。

我一时不知道该怎么办才好。我想过绕着他们转一圈，一个个问问他们是不是弗兰克·达文波特。但这看起来有点儿难办。考虑到他们可能有点儿耳聋，于是我直接大声说道："请问，你们当中有叫弗兰克·达文波特的人吗？"

没有人回应。

我又试了一次，但还是没有一个人抬起头来。于是我把手指伸进嘴里吹了声口哨。我很擅长吹口哨，这是爸爸教我的。他认为这是一项重要且必要的生活技能。就像你会做引体向上的话，就能够避免被悬挂在悬崖边上，或者避免像爸爸曾经遇到的那种情况——被一个你曾经欺骗或背叛的家伙挟持在多层停车场的顶楼上。

我仍然没有得到回应，这令人很惊讶，因为我吹口哨的音量是出了名的。一个坐在轮椅上、膝盖上盖着毛毯的老太太，从她可能是一只棕色大蚂蚁或一匹马的画上抬起头来，问道："宝贝，你在说话吗？"

我说："是的，我在问你们当中有没有一个叫老老弗兰克·达文波特的？"为了更准确一点儿，我特意说了"老老"。

她皱了皱眉，连鱼尾纹都跑出来了。"我看起来像是弗兰克吗？"

我不想指出她有点胡楂的事实，只是回答道："那你认识老老弗兰克·达文波特吗？"

她的嘴唇像气球结一样噘了起来，然后朝着坐在角落里的另一个满脸皱纹的老人点点头。

他就在那里，我的爷爷弗兰克。

第 6 章

不要吃人家放在肚子上的食物，这是不礼貌的，而且有点儿奇怪

我第一次见到我爷爷的时候，他正在睡觉，肚子上还放着三块夹心饼干。他那件褪色的查尔顿足球俱乐部球衣没能盖全他的肚子，银色的肚皮毛露了出来，看起来像是在上衣下面偷偷藏了一只毛茸茸的狨猴。我认为这是个好兆头，因为这意味着他跟我和我爸一样是查尔顿的支持者。他的下半身穿着褪色的运动裤，脚上穿着袜子和人字拖（这种穿法简直超出我的想象）。而且不知道为什么，他还戴着一顶猎鹿帽——夏洛克·福尔摩斯戴的那种。在这之前，我从

未见过这么奇怪的装扮——即使算上妈妈那件让她看起来像是弗拉明戈舞者的红黑多层褶皱裙，她有次穿着它来接我放学。

我很肯定我在什么地方听说过，如果你试图叫醒一个老人并给他一个“惊喜”，他可能会因为受到惊吓而暴毙。我想，“不小心杀死爷爷”应该不是诺拉奶奶决定让我照顾爷爷时的想法，所以我在他身旁的脚凳上坐了下来，等待老老弗兰克自然醒来。

就在这时，我注意到他没有在画布上画画，而是用黑色的字迹写着“我没有什么值得快乐的”。我很欣赏他这种叛逆的精神，但这令我为他感到有点儿难过。这也让我在想，如果是我的话，我会画些什么。我想也许是一幅我在踢足球或赢得奖励的画。但不知道为什么，这并没有让我特别开心。我的脑子里突然出现了一张我、爸爸妈妈和爷爷在一起的合影。这真是个好主意。

想象完后，弗兰克爷爷那张长满胡须的脸庞，又让我很好奇我们对彼此说的第一句话会是什么。他可能会说出一些让我永远忘不了的意味深长的话。

经过几分钟的观察和思考后，我开始觉得有点儿无聊，因为坐在一个“不省人事”的老人身旁这件事本身并不有趣。我有点儿饿了，我早上只吃了吐司，而吐司不像麦片，不能让我坚持到午餐时间。弗兰克爷爷的身体轻轻地动了，就在他的第三块夹心饼干被我吃到一半时。

他睁开眼睛，低头看了看自己查尔顿球衣上的棕色饼干屑。从他那对蓬松的大眉毛挤在一起的样子，我可以看出他在想他的饼干去哪儿了。我试图咽下最后一口“证据”，但为时已晚——他已经注意到我做了什么。

他说：“哎哟！真是太奇怪了。你是不是一直在吃我肚子上的饼干？”

我艰难地吞咽下去。

“我看起来像自助餐吗？”他用相当愤怒的语气继续

问道。

看来，我的爷爷对我说的第一句话并不是很高深或意味深长的那种。不过他这样问，确实让我好奇自己为什么会这么做。正常人不会吃他们不认识的人的食物。

我觉得当下的我有点儿尴尬，因为我说的第一句话也不是什么温馨的话，我说：“呃，嗯……”

“呃，嗯”完全没有起到缓和气氛的作用。他瞪着我，大声地说：“承认吧！是你吃了我的饼干！”

我不想我和爷爷的关系是以肚子上食物的谎言开始的，所以我坦白说：“我确实吃了你的饼干，但只是因为我不想你死。”

他在椅子上挪动了一下身体，让腰背挺直，接着说：“我只是边缘型糖尿病患者，三块饼干不会要了我的命。”

“我的意思是，我不想把你叫醒，不想你因为惊吓而死掉。我要照顾好你，就像诺拉奶奶指示我的那样。所以我一直在等你自然醒来，但等得太久，我感觉有点儿饿了。这就是我吃饼干的原因。我本来想先问问的，但……”

我注意到他的眉毛皱得更紧了，然后他用一种非常奇怪的表情看着我。他把头歪向一边，调整了一下他的猎鹿帽，说道：“饼干男孩，你刚刚说你是谁？”

我说：“哦，我还没说呢。刚才在忙着解释饼干的事。”

“我对饼干已经不感兴趣了。我感兴趣的是，你说要照顾我是什么意思？你怎么会认识我的诺拉？”

“我不认识你的诺拉。我从来没有见过她，现在也见不到了，因为她已经死了。不过她托我照顾你……”我深深吸了一口气，直视着他的眼睛，“因为我是你的孙子——弗兰克。”

他什么也没说，也没必要说，因为他的眉毛已经“说”得够多了。他的眉毛皱在一起直逼头顶，像是在说：“孙子——多好啊！”

结果证明我的想象是错的。

他坐在椅子上，身体重心前倾，用一根粗大的手指指着我。这根手指如此之粗大，以至于让我不禁联想到坎伯兰香肠。

“你是我孙子？”

“是的，你是我爷爷。”我无法将目光从他的香肠手指上移开。它大得让我有点儿紧张。拥有一个快乐的爷爷的梦想，并没有像我想象的那么顺利。

他上下打量了我两次，好像我是他见过的最奇特的异类——这有点儿夸张，明明他才是那个戴着一顶有耳罩的帽子的奇怪人士。

“我的孙子？”

“没错。”我伸出手想和他握手，但他没有反应，这好尴尬。他又用手指戳了戳我。“我的孙子？”

这已经是他第三次说这句话了。看样子，在见到爷爷的最初几分钟，我就让他崩溃了。我让他年迈的大脑不堪重负，他的大脑发生短路了。想到这个任务最后的惊喜奖励将取决于我照顾他的表现，这对我来说无疑是一个打击。

我缓慢而大声地说：“弗兰克爷爷，你还好吗？点一次头表示好，点两次头表示不好。”

他完全没有点头，而是说：“小伙子，你是不是有点儿傻？”

我松了一口气。“这下我就放心了，刚才我还以为你失忆了呢。”

“你为什么会关心我是不是失忆了？之前都没有这样。”

我没有告诉他那是因为我之前没有获得将近五十万英镑及神秘奖励的机会，因为这个说法可能无法让我展示出一个最好的形象。我也没有解释是因为这个暑假我没有别的事情可做，因为我不想让他觉得我只是利用他来打发时间。我应该说的是事实，那就是，其实我很高兴能有一个爷爷。但我没有这样说。我说的是：“之前我并不知道你的存在，直到诺拉奶奶去世并留下遗嘱，指示我要照顾你。而我认为这是一个非常重要而严肃的指示。”

他盯着我说：“她做了什么？为什么要这样做？”

“问得好。我想说你应该问她，但你也问不了，因为……嗯，你知道……她已经死了。但让我照顾你是她最后的遗愿。”

他抬头仰望着上方，说道：“诺拉，你为什么会有这样的心愿呢？”

我顺着他的目光望去，半信半疑地看我已故的继祖母是不是被钉在天花板上，但幸好没有。

“总而言之，我不知道她为什么这么做，但她一定有她的理由，你不觉得吗？”

弗兰克爷爷用有点儿冷酷的语气回答：“这个女人做任何事都有理由。但这并不意味着那一定是一个好理由。”

“等等，我记得她还说了一些关于你失去心智的事。”

他布满皱纹的下巴垂得更厉害了。“你说什么，心智？”

“我也不清楚，是她写的。我想说你应该问她，但是……”

“是的，我知道，她已经死了。听着，我不需要一个小孩来照顾我。”

“我不是普通的小孩，这你知道。我是你的孙子。”

“所以呢？”

“所以我觉得这可能意味着什么。”

“我一个人很好。”

“你很好吗？你看起来有点儿暴躁。我是说，看看你的画！”

这下可难倒他了。画布上写着“我没有什么值得快乐的”几个字，他根本无法反驳。

他没有回应，于是我说：“而且，老实说，你的穿着，看起来有点儿……”

我迟疑了一下。

“看起来有点儿什么？”

我本来想说“有点儿像一个没有镜子的人”，但我说的却是“像一个不在乎一切的人”。

他把头转过去，嘀咕道：“自从诺拉去世后，我确实是这样想的。我没有什么值得在乎的了。”

我抑制住了跳起来说“我！你可以在乎我！”的冲动，

因为我才刚认识他，这句话似乎有点儿太急切了。再说，我不知道为什么他不能想明白这个问题。但我知道事情进展得并不顺利。我所做的这一切只是加深了他的痛苦。这可能不是件值得奖励的事。

我安静了片刻。然后，我把话题转向足球。你知道的，有时这是最容易打开话题的事情。我指了指他的头顶："我和你一样是剑士[①]的支持者。"

"你去看过比赛吗？"

我把脚凳往他身边挪了挪。

"没有，但爸爸说有一天会带我去的。"

他从茶几上拿起一份报纸，在自己的面前打开，好让我看不见他的脸。

"他……你的父亲过得怎么样？"

当时，我以为他并不是真正发自内心地问候，所以我耸了耸肩，简单地回答道："他很好。"

"有没有提起过我？"

"没有。我根本不知道你的存在，直到听到遗嘱。"

他用力捏了捏手中的报纸，清了清嗓子。"我知道了，从没提起过我，是吧？"

我又耸了耸肩，不知道该回应什么，于是说："我想是

① 查尔顿竞技足球俱乐部的绰号，因其徽章上有一把剑而得名。——译者注

的。你不觉得你们俩不跟对方说话，有点儿愚蠢吗？你们俩就不能……嗯……翻篇儿吗？”

“给你个建议，孩子，有时事情并不会如你所愿地发展，这就是生活。认命吧，你能相信的人只有你自己。听到了吗？现在赶快离开这里，去和你的伙伴们一起玩吧，或者做点儿什么。我不需要你在这里缠着我。”

我估计他以为他说完后我就会离开。但由于我没有可以一起玩的伙伴，所以我哪儿也不会去。

而且，我是不会轻易放弃的，我知道我应该做什么。现在是“推销”的时候了。我要让他知道，我能给他一个有生之年千载难逢的机会。

“弗兰克爷爷，我有将近五十万英镑要花在你身上，来确保你得到妥善的照顾。现在，你确定要我离开这里吗？”

报纸被放了下来，他紧紧地皱起眉头。“再说一遍，孩子。”

瞧，金钱总是有办法引起人们的注意。

“我说，我有将近五十万英镑。嗯，准确地说，是四十六万两千英镑。那是诺拉奶奶留给我用来照顾你的钱。你想不想分一杯羹？”

“五十万英镑？！”他把报纸扔到腿上，“你在开玩笑。”

“我没有。”

“诺拉可没有那么多钱。”

“是，她现在没有，她死了。现在钱归我了。”

他那双浑浊的蓝色眼睛在我脸上扫来扫去，像在试探我是不是在撒谎。

“五十万英镑？”

“差不多吧。”

“五十万英镑？”

“嗯，将近。就差三万多。”

“五十万英镑！”

他又重复了一遍。我一开始以为这一次我真的把他的大脑弄短路了，结果他穿着人字拖，整个人跳了起来（这有点儿令人惊讶，因为我不认为他是那种会蹦蹦跳跳的人），接着说：“嗯，打一打我的肚子，叫我克拉拉。”

“你要我打你哪里？叫你什么？”

他一时间没有说话，但我看得出来他在思考。

然后他再次用他的香肠手指指着我，说：“小弗兰克，你需要做的第一件事，就是去楼下的街角商店给我买一包夹心饼干。”他摆正他的帽子，然后毫无预兆地大步走出了休闲室。

我在他身后叫道：“克拉拉——我是说，爷爷，你要去哪里？我要负责照顾你的。我们还有事情需要讨论。”

他继续往前走，回过头喊道：“小富翁，先去买夹心饼干，我们再来谈接下来怎么做。”

我不能说我们的第一次见面完全如我想象的那样。我有一种预感，照顾弗兰克爷爷会比我原来想象的更加困难。不过我想，即使我提前预料到这个情况，我依然会去尝试。因为不管是获得神秘的奖励，还是拥有一个现实版爷爷，这两件事都太诱人了。

第 7 章

电击老人的行为是不可取的

我不太确定弗兰克爷爷对买饼干的事是不是认真的，但我还是迅速跑到街角商店买了一些。我回来的时候，我在接待处遇到的那个人——史蒂芬，正在电话里热烈地和人讨论他的茶点吃的什么。他举起手示意我等一下，我只能站在那儿，假装没听见他告诉一个叫蒂龙的人蘑菇其实是魔鬼的杰作。

挂掉电话后，他问我对蘑菇有什么看法。我耸耸肩说："我想在所有的真菌中，它们是我最爱的。"

史蒂芬大笑起来。"我觉得它们只比脚癣好一点儿。一点儿而已。"然后他朝右边走廊的方向点了点头，"走吧，我带你去你爷爷的房间。”

往那边走时，他注意到了我夹在胳膊下的一包夹心饼干。“你可别让他把这些东西全吃了。一想到你爷爷的血糖水平，我就头疼。”

“我尽量。”

我们在一扇贴着达文波特塑封名牌的门外停了下来，史蒂芬对我说：“我们到啦。玩得开心点儿，听到了吗？”然后走回了接待处。

我敲了敲门，大声地说：“饼干来了。”

“这也太慢了吧。”他喊道，“你干什么去了？自己烤吗？”

我觉得这意味着我可以进去了。我推开门，发现他坐在床上，脚边放着一个手提箱。他的脚现在穿着运动鞋，而不是人字拖。他还在足球上衣外多穿了一件西装外套。但他依然戴着那顶猎鹿帽，我想真的该有人跟他谈一下这件事。

“你要去哪里？”

“这还用问，我可不想带着我名下的四十六万两千英镑留在这个破地方。”他对我做了个手势，让我把饼干递给他，“给我，我要在坐出租车去机场的路上吃。”

我收回了饼干。原来他和爸爸妈妈一样坏。“你这话是什么意思，你的名下？那笔钱是我的。”

“是要花在我身上的。”

“不，是为了照顾你晚年的生活。”

“如果你不按照我说的去做，这可能就是你的晚年了。”

我双臂环抱在胸前。我才不会被一个戴着莫名其妙的帽子的老头儿威胁。“别为难我了，我是来帮你的。”

“这样吧，我让你轻松点儿。你能帮我的最好办法就是在阳光海岸给我买一栋漂亮的小别墅。”

“老人和阳光海岸到底有什么关系？我的外公外婆也住在那里。”

“他们可真幸运。我打赌那会很完美。我，一个人，没有其他人。简直是天堂。”

“我想那根本不是诺拉奶奶的意思。”

“你又没见过她，你怎么知道？阳光、大海、沙滩和与世隔绝的环境，这就是我在踢掉水桶[①]之前想要的一切。”

“在什么之前？”

“在我被铲子埋掉之前，在我肚子朝上躺倒之前，在我的身体变凉之前。”

我一脸茫然地看着他。

“在我死之前，小伙子。送我去西班牙，你就算是把我照顾得很好了。”

“爷爷，恐怕我做不到。我需要全程照顾你。遗嘱是这么写的。”我不能百分之百地确定遗嘱是这样写的，但他没

① 英文中的俚语，意为死掉。——译者注

有看过，我也没有看过，所以我觉得我可以大胆地这么说。

我拿出手机，打开记事本，坐在房间角落的扶手椅上。“告诉我吧，像你这样的老人需要什么样的生活？”

“我告诉过你了，四个东西——阳光、大海、沙滩和与世隔绝的环境。不过你可以忽略沙滩，因为沙子总是卡在我屁股上坑坑洼洼的皱纹里。”

我不敢去想那个惨不忍睹的画面，继续说道：“如果你不打算给我任何恰当的建议，我就去搜索一下。”我在搜索引擎中输入“老年人需要什么”，然后向他展示了结果。“看，这上面写着关怀、安全感、陪伴和爱。”

弗兰克爷爷做了个鬼脸。“真是一派胡言。”

我不得不同意，这确实不太实用。不过一个弹窗广告给了我一个灵感。“拖鞋怎么样？你想要更多的拖鞋吗？”

“别乱来，我可不想你一下子就把所有的钱花光。”

接待处的那个男人史蒂芬，从门口探进头来。他脸上洋溢着灿烂的笑容，我又注意到了他那颗缺了一角的大门牙。“达文波特家的男人们怎么样啦？你们相处得好吗？”

突然间，他的笑容消失了，他双手抱在胸前走进房间，怒视着弗兰克爷爷。“达文波特先生，你必须告诉我你为什么又把那个行李箱拿出来？该不会又想实施你的逃跑计划吧？”

弗兰克爷爷挺起胸膛。“没有什么能把我困在这里；只要我想，我随时可以离开。你们不能把我囚禁起来。”

“逃跑？”我看着爷爷，眼睛睁得大大的，“你要从这里逃走？”

史蒂芬替他回答：“是的，自从达文波特夫人去世后，已经发生十四次了。这也可以理解，一起在这里生活了将近十年之后，达文波特先生发现没有她自己很难在这儿继续生活下去，但我们正在想办法解决这个问题。”

这可不是什么好消息。在我应该为爷爷提供值得获得奖励的照顾时，绝对不能让他成为逃兵。“所以，你必须确保他不会再从这里逃走。”

“我可以去任何我想去的地方。我是一个自由的人。”

坦白说，他应该打消这种念头。他才不是一个自由的人，他是我的爷爷，他现在是属于我的。他是我可能获得那个极好的奖励的入场券。

“这里没有那种门禁系统吗？”我环顾房间的四周，“这个地方似乎不太安全。我是说，窗户上连护栏都没有。难怪他之前能逃走。”

“我不确定像监狱的那种感觉适不适合秋叶之家的氛围。”史蒂芬说。

“别糊弄我了。”爷爷嘟囔道。

“喏，我刚刚在网上搜过，安全感是老年人需要的东西之一。也许我们可以安装一些电篱笆，把爷爷和其他住户关在里面？”

史蒂芬哈哈大笑起来，好像以为我在开玩笑。“你想要这里满地都是被核辐射的毫耋吗？”

“嗯？”

“你想电死九十多岁的老人们？”他解释说。

我可不这么想。“或者你们可以在他的脚踝上装一个电子监控器或定位追踪器。如果他有任何出格的举动，我们就可以知道他在哪里了。我不在乎这要花多少钱。我可有钱了。”

史蒂芬和爷爷眼睛一眨不眨地看着我。

过了许久，史蒂芬问：“你想给你爷爷植入电子芯片？”

我耸了耸肩。“这并不是最糟糕的主意。我不想让他逃走。”

史蒂芬十分不悦地回答：“他不是什么宠物。”

大家这是怎么了？我有说过他是宠物吗？“听我说，史蒂芬，我被要求照顾好我的爷爷，我也会非常认真地对待这个指示。”

“我，也，是。”史蒂芬说这话时的语气很强硬。接着，他拿起弗兰克爷爷的行李箱，打开了它。他温和地对爷爷说：“来，达文波特先生，我来帮你收拾行李。”然后开始把东西拿出来，放回爷爷的橱柜里。他一面做，一面用比刚才平静得多的语气对我说：“重点是，小弗兰克，达文波特先生从来没有离开过很久。他总是会回来的，对吧，达文波特先生？”

弗兰克爷爷发出了长长的叹息声，望向窗外。也许是我搞错了，但他的眼睛看起来有点儿湿润。然后他说了一句话，声音特别小，小到只有我还很年轻且功能正常的耳朵才能听到。他说："那是因为我无处可去。"

我心想，好极了！

如果他哪儿也去不了，我就可以按照指示照顾好他。因为那个奖励不管是什么——我觉得那可能是一笔数额巨大、令人难以置信的现金——都已经近在咫尺了。所以，我希望爷爷也能如此。

我只需要弄清楚除了提供很多拖鞋以外，我还可以怎么照顾好爷爷。这就需要我用我的好朋友——网络——来进行更多更深入的研究。

第 8 章

谨防堕入短视频的深渊

就在同一天傍晚，我吃完茶点（妈妈说那是千层面，爸爸说那是淡而无味的奶酪西红柿渣）后，我准备开始查找有关赡养祖父母的所有须知事项。

爸爸妈妈试图让我留下来，和他们谈谈“照顾弗兰克爷爷是胡扯的”这个话题。我没有告诉他们我去探望过爷爷，因为我很聪明，我知道说了不会有什么好结果。他们开始喋喋不休地说他是一个多么难相处的老头儿，而我只是个孩子，以及这是多么荒唐的情况，等等。老实说，在他们说完之前，我根本没在听，而且一句话也没有说。

最后我说：“我现在可以走了吗？”

妈妈深深地叹了一口气，说：“好吧。”

然后我以最快的速度跑上楼，来到我的电脑前。

我喜欢互联网。它可以告诉你你想知道的一切——只要你知道在搜索引擎中输入什么。我以为我知道自己应该输入什么，但事实证明，当你输入“如何用一种非常值得奖励的方式来照顾一个老人”时，你会得到各种出其不意的答案。

现在，我必须承认，我很快就忘记了我应该做的事。不知怎么地，在我看了一个关于多功能助行器的保养视频后，我看了一场三位老太太之间的助行器赛跑视频。说实话，她们的强健出乎我意料。这个视频又把我带到了一个关于如何保持骨骼健康的视频（剧透一下，答案是通过大量的钙）。接着，我看了一个叫贝蒂的人教我怎么制作自己的紫色染发剂（老妇人喜欢的那种淡紫色）。我完全忘记了我应该搜索关于照顾爷爷的指导建议，反而堕入了短视频的深渊里。直到晚上九点多爸爸匆匆出门时，我才从视频的旋涡中解脱出来。

他没能悄悄地离开。我从卧室的窗户望出去，看见妈妈跟着爸爸走出前门，在路灯下用他买给她的那束花开始捶打他。爸爸不停地道歉，说他会“处理好”。当时我以为他说的可能是我和那份遗产。我没有静下心来仔细想想，还有可能是别的事。其实，他给她买花这件事足以说明他又惹麻烦了。但我想，人有时候很容易让自己陷入困境。

反正结果是，妈妈跺着脚回到屋里，对着外面大喊：“弗兰克，你最好把这个问题处理好，否则你该害怕的人就是我了。”然后她砰的一声关上了门。

我又看了爸爸一会儿。他的心情一定很烦躁，因为他踢了一脚一个带有轮子的垃圾桶，结果还得去向长得很可怕的隔壁邻居鲍勃道歉。鲍勃做出让步后，爸爸低着头，把双手插在口袋里快速地溜走了。我估计他应该是去酒吧了。

我拉上窗帘，趴倒在床上。我承认，我开始替自己感到有点儿难过。我们并不是一个幸福的家庭。我讨厌我们之间似乎没有人能融洽地相处。爸爸妈妈总是在吵架，我也看得出来他们在生我的气。我不明白为什么他们不能让我拥有属于我的那笔钱，让我照我想要的方式去照顾弗兰克爷爷。

一种熟悉的胃里沉甸甸的感觉又来了，尽管我尝试忽略它，我还是能感觉到眼睛里的刺痛。

不过，我是不会哭的。沉溺在低落的情绪里对任何人都没有好处。再说，爸爸总是说达文波特家的男人是不可以哭的，我相信他。所以，我并没有启动自己的“排水系统”，而是做了一个全身的伸展拉筋动作，深呼吸，然后想了些别的事，嗯，别的人。弗兰克爷爷。

我坐回电脑前，大声说：“不能再看短视频了。”我知道我是认真的，然后我督促自己去仔细想想……

仔细想想我要在搜索引擎里输入什么。

仔细想想我想为弗兰克爷爷做些什么。

甚至可能也想想他想要什么。他说什么来着？他在死之前要做的就只是在西班牙独居？

这听起来很糟糕。我不相信有人会想独自度过生命中最后的日子，然后什么都不做。没有人愿意孤身一人。当我老了的时候，我会充分利用我的时间，在为时已晚之前尽我所能，找到能让我开心的事情。

我想起了爷爷那幅弥漫着不快情绪的画："我没有什么值得快乐的"。就在那时，灵光乍现，我想到了一个好主意。原来，照顾弗兰克爷爷只意味着一件事——帮助他活出最棒的人生。我要给他一件东西——不止一件——让他可以画在那块空白的画布上。

于是，我输入了"人在死前必做的所有事情"。

你猜怎么着?

搜索结果比我之前看过的任何一个助行器赛跑都更更更有趣。

我向后靠在椅背上，掰着手指，让关节发出令人满意的咔咔声，然后大声地说（因为我知道那是重要的时刻之一）："这将是一场壮举。"

现在回忆起来可真有趣，因为这就是一切的起点。就在我第一次看到"遗愿清单"这几个字的那一刻。

第 9 章

不是所有动物都可以用来骑的

第二天早上，到了暑假的第二天。虽然没怎么睡，但我一点儿都不累，反而超级有干劲。那是因为我花了大半夜的时间列出了一份活动清单，来帮助爷爷享受他在这个世界上的最后时光。还有什么比这更贴心的呢？

当然，我不确定弗兰克爷爷会不会对清单上的这些东西都非常感兴趣，但我觉得我可以做的就是以一种正确的方式向他“推销”。

我正在大口大口地吃着我的早餐麦片，希望到午餐前都不会饿，以免再出现任何尴尬的“饼干事件”。这时妈妈走进了厨房，她穿着亮粉色的套装，头发全盘在头顶上，看起

来就像个羊角面包。她今天的打扮不像是要去格雷斯比百货商场上班，所以我问道："今天是星期天，我以为你需要上班呢。"

她说："我和伊莱恩换班了，她上早班，我上晚班。"她停顿了一下，然后继续说："弗兰克，亲爱的……"她的语气让我意识到她要对我说些我不喜欢的事。

我只应了句"嗯哼？"，然后不停地用勺子舀我的麦片。

她在我旁边的高脚凳上坐了下来。"亲爱的，我想你需要知道一下，我和你爸准备和他的律师朋友谈谈那笔钱的问题。”

我连看都不看她，只是不停地把麦片塞到我嘴里，直到即使我想说话也说不出来。她一面说，我一面愤怒地用力咀嚼着它们。

“亲爱的，就连金鱼都看得出来，这很明显是一个巨大的错误。我很抱歉，但如果我们让你收着那笔钱，或让你去照顾你的爷爷，我们就不是尽责的父母。”

我想我当时一定是翻了白眼还是什么的，因为她说：“弗兰克·约翰·达文波特，别做那种对我很不尊重的表情。我做的这一切只是为了你和他好。”

我什么都没说，什么也说不出来。不仅仅是因为早餐麦片，还因为我知道即使我说了，我也不认为一个看起来脑袋上顶着羊角面包的人知道什么才是真的为我好，我不会得到好的回应。我心想：女士，你想拿走我的钱，那你就试试看吧。我坐在那儿默默地生气。

妈妈似乎没有察觉到厨房里的氛围，可能是因为这个氛围只在我心里。她在我的头顶上亲了一下，尽管我非常不乐意。然后她对着天花板大喊：“弗兰克，你准备好了没？”她的音量完全没有考虑到她离我有多近。

爸爸走进厨房，顶着一头四处乱翘的头发，问道：“你是在喊我吗？”他看起来灰头土脸的，可能是因为昨天在外面待得太晚，所以太累了。

“我们要迟到了。”妈妈双手叉腰，上下打量着爸爸，似乎对她眼前的一切很不满意，“你能修饰一下自己吗？”

爸爸将T恤塞进牛仔裤里，然后用手抚平头发。妈妈叹了口气，摇摇头。“你最好把自己搞好。”然后她转向我说：“我们不会去太久的。在我们回来之前，你待在家里玩电脑游戏。如果有需要，就给我们打电话，明白吗？”

我哼了一声，因为我没有心情跟这个试图骗走我钱财的女人达成共识。

她飞快地走出厨房，高跟鞋踩在瓷砖上发出咔嗒咔嗒的声响，然后用那种好像她不是在企图毁了我一切的语气，回过头漫不经心地扔下一句：“拜拜，儿子。”爸爸从果盘里拿起一根褐色的香蕉，假装向我开枪，说了句“这根香蕉坏了”，然后就跟妈妈一起消失在了门外。让我更加恼火的是，我甚至来不及告诉他这是一个糟糕的冷笑话。

我决定坐下来，静静地生几分钟气。事实证明，我很擅长生闷气。坦白说，我本来会气很久，但当我听到门铃响时，怒气便随着注意力的转移烟消云散了。是一位邻居送来了我们的信，这些信之前被误放进了他们的信箱里。在一堆账单中，有两封以我的名字为收件人的官方信件。我把它们撕开，其中一封里是一张银行卡，另一封信里则有一个奇怪的刮刮条，原来是密码——一个让我能拿到所有现金的四位数密码。

我对着空气挥舞拳头，喊道：“出发！”

弗兰克爷爷的遗愿清单计划已全部准备就绪！爸爸妈妈

想见什么律师都无所谓，我才是那个拥有银行卡的人！那张我要确保爸爸妈妈都不知道它存在的银行卡。

我从口袋里掏出手机，在网络上搜索出租车司机的电话号码，想让他载我到秋叶之家。

但随即我又有了一个更好的主意，我拨通了另一个电话号码。正如爸爸所说，如果你不肯花钱，那么即使有钱也没有意义。

电话那头传来一个女人的声音："东伦敦农场动物园。"

我开门见山地说："你好，请问租一头骆驼把我从刘易舍姆带到布罗姆利要多少钱？"

她说："请原谅，你说什么？"

我不知道她干了什么需要原谅的事，但我觉得我最好还是礼貌一点儿，所以我说："我原谅你了。"

"不，我的意思是，你真的在问怎么租骆驼？"

"是的。你们有吗?"

"没有。"当她丢出这个令人失望的重磅炸弹时，她的语气有点儿粗鲁。

我决定大人有大量，继续保持礼貌。"那你能告诉我你们有什么动物吗?"

我觉得我礼貌的态度帮她重拾了一点儿专业性，因为她说："我想……嗯，我们有山羊——"

"不。"太小了。

“绵羊——”

“不。”也太小了。

“羊驼——”

“就它了！租一只羊驼把我从刘易舍姆带到布罗姆利要多少钱？”

“你骑不了羊驼！”

“你怎么知道？我可能会骑得很好。”

“你不能骑羊驼，因为它们太小了。”

“是吗？我觉得它们的体形和马差不多。我见过的那些羊驼又大又毛茸茸的，看起来绝对可以骑。”

“我估计大约三头羊驼才能抵得上一匹马。它们厚实的皮毛下，身体其实出奇地瘦。绝对没有大到可以骑的程度。”

“真的吗？”

“是的，真的是这样。你想要一只被压扁的羊驼吗？那是你想要的吗？”

她真是个疯子，没有人会想要一只被压扁的羊驼。“我只是想用我的一些钱，以一种很酷的方式去我爷爷的养老院。你们有骆驼吗？如果有的话，它们是不是大到可以骑？”

我以为这是个合理的问题，谁知她听到后就挂断了电话。

最后我租了一辆豪华轿车。这很酷，但肯定没有骆驼或羊驼那么酷。

当司机出现在我眼前时，我的肚子里有种翻江倒海的感觉，我把这归因为奢华出行带来的兴奋。但现在想起来，我猜当时的我应该十分紧张。我真的很想让弗兰克爷爷玩得开心。

以及，我真的很想让他喜欢我。

第 10 章

只要懂得“推销”，你可以让每个人都按你的意愿行动

坐豪华轿车的感觉的确棒极了。经过公园时，我刻意请司机开得很慢，好让泰勒·斯科特和其他小孩看见我。我站起来，上半身探出汽车车顶的天窗，向他们挥手。他们惊讶得下巴都快掉到脚面上了，我不禁大笑起来。但当我回到车里时，我意识到自己在自欺欺人，心情莫名其妙地低落起来。幸好没过多久我们就到了秋叶之家。

我推开大门，走到接待处。我首先注意到的是桌子后面挂了两幅巨大的画。一幅是那个奇特的翼手龙，另一幅是我

昨天看到的那个老太太画的不知道是蚂蚁还是马的画。不出意料，弗兰克爷爷的那幅“我没有什么值得快乐的”的画没有被挂在墙上。

史蒂芬正在给塑料假植物除尘，他看到我后停了下来，非常热情地用他的鸡毛掸子向我招手。“你又来了！很高兴见到你。我相信达文波特先生也是，虽然他不会表现出来。”

“等我告诉他我的计划后，他一定会很高兴的。”我说这句话的时候可能听起来有点儿过于自信，但其实很难不自信，因为我确实很有信心。弗兰克爷爷不可能不高兴。

史蒂芬会心一笑。“我也相信他会的。他在他的房间里，你还记得怎么走吗？”

我点点头。

“好嘞，那你就直接过去吧。不过，先提醒你一下，他今天早上有点儿迷迷糊糊的。但也不需要太担心。”

“什么意思，迷迷糊糊？”我感觉他的意思不是说爷爷像熊一样毛乎乎的。

“有点儿健忘，就这样。”他把那只没有沾到灰尘的手搭在我的肩膀上，温柔地说，“对他耐心点儿。”

“这我可以做到。我是一个很有耐心的人。”

史蒂芬笑着说：“我看得出来。你是个很棒的孙子。”

这句话让我脸红了，我有点儿喜欢被叫作很棒的孙子。我已经很久没有被称赞了。

正当我还在沾沾自喜时，史蒂芬突然把他的鸡毛掸子伸到我的鼻孔下。“但是别再提用三米高的篱笆电击我的住户了，好吗？”

“好……好吧……但我仍然不觉得那是个糟糕的主意。我并不是说要用成千上万伏特的电压，而是用一种短促的嗡嗡声作为威慑。”

史蒂芬瞪着我。“杜绝电篱笆。跟着我说一遍。”

“好吧。杜绝电篱笆。”

“去吧，跟达文波特先生玩得开心点儿。”

我沿着走廊来到弗兰克爷爷的房间，敲了敲他的门，说：“是我。”

他喊道：“今天不用，谢谢。”

我还是打开了门。

他穿着和昨天一模一样的衣服，还戴着那顶猎鹿帽。他说：“你在这里做什么？你妈妈知道你在这里吗？”

我说：“就算不知道吧。”然后，因为弗兰克爷爷坐在扶手椅上，所以我一屁股坐在了床上，“但没关系，她甚至不会注意到我出门了。”

“那个女人什么都会注意到。你哥哥文尼呢？他不是应该照看着你吗？”

“我会照顾好自己。再说，我没有一个叫文尼的哥哥。”过了几秒，我才意识到不对劲，“欸，稍等……你是说住在爱尔兰跳华尔兹的文尼伯伯吗？你以为我是我爸爸吗？我是弗兰克，是你的孙子。”我哭笑不得地说。

弗兰克爷爷呆呆地望着我，接着我发现他的眼睛里突然闪现一丝认出我来的光芒。“我当然知道你是我的孙子。都是你的错，谁叫你跑来这里的，还长得那么像他，存心想把我给弄糊涂。”

虽然这明明不是我的错，但他看上去有点儿生气。你知道的，就是那种恼羞成怒。但我没有戳破他，而是说：“很抱歉让你误会了。”这并不是一个真正意义上的道歉，因为我不承认自己有什么错。这点是从爸爸那里学来的。

无论如何，这好像奏效了。他看起来没那么生气了，但他的两肩却耷拉下来，这让他看起来又瘦小又苍老。

我一点儿也不喜欢他这个样子，于是我说：“嘿，振作起来，没什么大不了的。”因为我真的认为这没什么大不了的。

当然，我现在才意识到，我当时错得有多离谱。有意思的是，有时候，星星之火可以燎原。

我清了清嗓子，想要开始宣布我的计划。“不管怎样，我们进入今天的正题吧。”

我挺喜欢我说这句话时的语气，因为听起来就像一个非常专业的爷爷看护人。

弗兰克爷爷坐在他的扶手椅上，身体向前倾了一下，挑起一条非常好奇的蓬松眉毛。“今天的正题？”

我从屁兜里掏出那张写着“遗愿清单”的纸，用充满戏剧性的动作打开了它。

“快开始吧。”弗兰克爷爷嘟囔道。

“作为被指定照顾你的人，我来这里是为了帮助你充实你的余生。”

他干笑了几声说：“你是什么，天使吗？”

我没有这样想过，但不得不说，我并不完全反对这个比喻。这让我显得很重要。“是啊，如果你愿意这么想的话。为了帮助你活出最棒的人生，我已经为你拟了一份遗愿清单——”

“你说你拟了什么？”

“遗愿清单！一份在你……你是怎么说的来着？在土里永眠之前必做的事情清单。”我给了他一个得意扬扬的露齿笑，因为我觉得非常有成就感。

他说：“嗯。麻烦拉一下我的头发，对着我的鼻子吹个口哨。我真不相信我刚才听到的。”这句话让我觉得他好像是被我的努力震撼到了。

“我们该行动起来了。”我继续说，“我们要做的事情很多，但爷爷，无意冒犯，你剩下的时间不多了。”

他给了我一个奇怪的眼神，就像那天他发现我吃了他肚子上的饼干时一样。

“这是我听过的最荒谬的话。活出我最棒的人生？你听起来像那种励志演说家，现实中根本不会有人说这种话。达文波特家的人更不会这样。说不定很快你就会逼我穿上紧身衣，做瑜伽，发出‘嗡嗡嗡’的声音[1]。”

这不是我希望得到的反应，但却在我的预料之中。如果他像爸爸一样，他就不会是那种喜欢穿着紧身衣做弓步动作的人。弗兰克爷爷很幸运，因为瑜伽并不在我的计划之中（至少那个时候没有）。我对他笑得更灿烂了，说："但这不算是直接的拒绝，对吧？"

他在椅子上往后靠了一下，狠狠地瞪了我一眼。"这也不算是同意。"

是时候再使出我的"推销"技巧了。"那你想做什么？"

"什么都不做。我不觉得这有什么不对。"

"而我也不觉得这有什么是对的。"在制订遗愿清单计划之前，摆在我眼前的是一个满是无聊和空虚的暑假。我绝对不允许这种情况发生。"你没有目标吗？你没有想做的事情吗？你总不会想留下一大堆遗憾吧？"

"这就是我们的不同之处。我的目标就是不需要做太多，以及要自己一个人去做。至于遗憾，现在谈这个为时已晚。如果你不介意的话，我现在想小睡一会儿。"

像那些优秀的推销员一样，我对这种反应早有准备。我得向他展示出我能给他他想要的东西。"好吧，爷爷，等你完成了我帮你制订的遗愿清单，我就给你买一栋在阳光海岸

① 在瑜伽练习中，据说发出轻柔的嗡嗡声，可以感受声带振动时能量的流动，进行正念冥想。——译者注

的别墅，怎么样？”

听我这么一说，他坐直了一点儿，然后看着我说：“你说的是真的？西班牙的别墅？”

“我向你保证。”一旦我开始照顾他，他就不可能想去西班牙了。

我让他思考了一会儿。最后他叹了口气说：“我以后一定会后悔的。”

“那得等以后再说，爷爷。”

他缓缓地吐了口气，然后说：“关于励志名言，我刚刚是怎么告诉你的？”

“别提那些了。”

我以为我可能又搞砸了，结果他伸出他铁锹般的大手。我握住他的手，他的手比我想象中的更温暖、更柔软。

“你做了一个超棒的决定。”我告诉他。

他抬头看了看天花板，又叹了口气。“所以你的清单上有什么呢？”

我又看了看那张纸。我本来打算从第一个开始，但直觉告诉我，最好还是循序渐进地让弗兰克爷爷适应。在笼中与大白鲨潜水可以等一两个星期后再进行。关键在于，我必须选择最合适的任务，确保这是一个良好的开始，避免把他给吓跑。但我们也不能去看查尔顿竞技足球俱乐部的比赛，因为还没到足球赛季……

“啊哈！我知道了。你会喜欢这个的。”

“我保持怀疑。”

我说：“这种态度是对的，爷爷。”但我是在挖苦他，“你觉得坐热气球怎么样？”

“坐热气球？”听他的语气，你会以为我是叫他从腋窝下取出肝脏。

就好像他早就知道这将变成一场灾难似的。

第 11 章

有时候人们说非常好，但实际上并不是

在史蒂芬把头探进爷爷的房间之前，我正想着再叫一辆豪华轿车来接我，这样就能赶在妈妈之前回到家。

“外面有个人说他是你的爸爸。他是来接你的。”

这可不是什么好消息。“他怎么知道我在这里？”

史蒂芬皱了皱眉。“我怎么知道？”

我注意到弗兰克爷爷伸长了脖子往窗外看。

“你要过去打个招呼吗?”

他迅速拿起床头柜上的报纸，夸张地在自己的面前打开。“如果你爸爸想和我说话，他知道我在哪里。”

“你们之间发生的事已经过了多久了，你就不能放下一切吗？来吧！他就在外面。我相信他见到你会很高兴的。”

我不能百分之百地肯定我说的是事实，但他们不跟对方说话的行为太不理智了。也许这是一个他们相互弥补的机会。

但弗兰克爷爷似乎并不这么认为：“他有脚。如果他想见我，他可以用他的脚走过来。我正忙着看报纸呢。”

“我不觉得你真的在看报纸。”

“那你觉得我拿它来干什么？用它来擦我的屁股？”

“我觉得你拿报纸是为了躲在它后面。或者把它当作一种隐性的屏障来保持我们之间的距离。”

老实说，我不知道我刚才说了什么。我上过的一所学校的一位老师，我不记得她的名字了，但我记得她那双关切的大眼睛。有一次她把我叫过去，想跟我单独谈谈“家里的情况”。我对听她说话并不是特别感兴趣，所以当她喋喋不休地说如果我需要的话会提供什么支持时，我拿起一份学校的通讯报，假装读了起来。就在那时，她提到了“隐性的屏障”这几个字。

史蒂芬说：“噢！你让他说中了，达文波特先生。”

弗兰克爷爷翻了一页报纸，说：“我不去，我不会屈从于压力的。”他的语气让我知道了他那双穿着人字拖的脚哪儿也不会去。

“好吧，我去问问爸爸想不想过来。如果他不想，那我们俩明天见，开始我们遗愿清单上的第一项任务。”

他又翻了一页报纸。“随你便。”

我冲出门，然后又冲回来说：“我迫不及待地想照顾你。弗兰克爷爷，你期待吗？”

他没有从报纸后面探出头来，只用一种死气沉沉的声音回答说：“我简直欣喜若狂。”显然，他想让我以为他不期待，但实际上正相反。毕竟，谁不会为热气球飞行之旅感到兴奋呢？

“好嘞！那明天见，你不会后悔的！”

走到外面时，我本来打算问问爸爸关于他和妈妈在律师事务所的情况，但我一时忘记了，因为他坐在一辆我以前从未见过的车里。引擎盖的颜色和车身的其他部分不一样，而且车里飘来一股难闻的烟味。

他将头探出车窗外。“好了吗，儿子？上车。”

“你从哪儿弄来的车？”

“从一个朋友那儿借来的。”

我从不喜欢爸爸用“借来的”这个词。我觉得这对他来说有不同的含义。

我坐到副驾驶座上。“你怎么知道我在这儿？我有麻烦了吗？妈妈知道吗？”

“你的担心不无道理。答案是没有，你没有麻烦。在你这个年纪时，我经常去惹是生非。”他转动了启动引擎的钥匙，“你妈妈有办法知道一切，你最好记住这一点。”

“她在哪里？”

“在工作，她上晚班。”

“在我们走之前，你不想进去跟你爸爸打个招呼吗？我觉得他会很乐意见你的。”

爸爸转过身来看着我。“他是这么说的吗？”

我不能撒谎。“他没有那么直截了当。但我相信他心里是这样想的。”

爸爸看了看入口处，有那么一瞬间我以为他会进去。结果他突然把车倒了出去。“改天吧，儿子。有点儿赶时间。”

我注意到他看上去有点儿心神不宁，甚至有些惊慌失措。于是我问道：“你还好吗？”

他给了我一个惯常的灿烂笑容。每次他的赚钱计划遭遇滑铁卢的时候，他都会给我这样的笑容。“非常好。”他说。

我一定是看起来不太相信他说的话，所以他又揉了揉我的头发，说：“别用这种表情看着我。你懂的，你不需要担心你的老爸。”

我点点头，但其实我不懂。我一点儿也不懂。爸爸曾经让自己陷入非常棘手的危机中，这样的人很难不让人为他担心。

爸爸把车停到家门口，但没有把引擎关掉。

“你不进来吗？”

“我还有事要办。”

那时候，我以为“有事”可能跟我的那笔钱有关，所以我用有点儿暴躁的语气告诉他我一个人也能应付得来——这也是事实，我早就习以为常了。

“听我说，儿子，不要因为钱而生气，好吗？只是，你知道的，如果你妈妈和我能掌控大局那是最好不过的。还有，也许你应该打消继续探望你爷爷的念头，知道了吗？”

在我想告诉他这是不可能的之前，他的手机哔哔地响了，一条短信弹了出来。我还没来得及看，他就把短信给划走了。但我察觉到一个问题，那就是他脸上的血色一瞬间全都消失了。

“爸爸，你还好吗？”

他又露出了那个大大的假笑，但他回答时不敢直视我的眼睛，他说：“就像我说的，非常好。我得走了，儿子。去别的地方，去见人，去赚钱。”

我砰地关上了车门，好让他知道我不开心。我以为他会说些什么，结果他没有。只见排气管冒出一团黑烟，他开着车离开了我们的住宅区。

摔车门还不足以把我的愤怒发泄出来，于是我又砰地关上了家门。因为我不想揣测爸爸要去做什么，所以我狠狠地吃了冰箱里的整整十二块迷你奶酪和一桶妈妈买的高档酸奶。那天晚上，妈妈回到家后叽叽喳喳说个不停，可我不想听她聊人们在结账时没有准备好优惠券是多么令人恼火的事。我只想一个人待着。于是，我拒绝了她让我加热一下她做的农舍派[1]的提议。老实说，第一次尝试的时候我就不觉得它好吃。我拿了一份芝士三明治和一杯牛奶上楼回到我的房间，集中精力成为一个值得被奖励的照顾弗兰克爷爷的人。

我成功预订了隔天早晨的热气球飞行。因为很幸运地，有人临时取消了预约，于是我设法说服热气球的负责人戴夫给我们安排一个位置。根据气球戴夫的说法，明天看起来会刮大风，不过当我再多付他一百英镑作为贿赂后，他改口说明天的天气条件完全满足升空的要求。由于我觉得他是这方面的专家，所以我相信了他。

① 一种英国传统家常料理，多指肉馅土豆泥派。——译者注

第 12 章

开走小巴士前一定要检查它的后门

第二天吃早饭的时候，当爸爸妈妈问我今天有什么打算时，我告诉他们我要和几个朋友一起去公园踢球。如果他们有留意到我其实没有朋友的话，他们可能会问我更多的问题。但妈妈只是跟我说玩得开心、注意安全，以及如果我有什么需要就给他们打电话，爸爸则提醒我确保也用左脚练练球。

等妈妈去百货商场上班、爸爸去某个地方工作后，我叫了一辆普通的出租车载我去秋叶之家。我不想骑着像骆驼那样很酷的东西开始一天的行程，免得稍后的热气球之旅变得黯然失色。我不得不让司机带我去五个不同的提款机，因为每个提款机每次只允许取出两百英镑，而我需要一大笔现金来支付给气球戴夫。我觉得司机对我在做的事有点儿过于好奇了，但在我给了他五英镑小费和我的一张足球体育集换卡之后，他便不再提问题了。

抵达秋叶之家时，我的口袋里装着一千英镑，但我感觉像有百万英镑。

弗兰克爷爷肯定有点儿兴奋，因为他在足球衫外面系了一条领带。当我说“你精心的打扮很好看”时，他没有像一般人那样接受赞美，而是转过身来对我说：“你为什么要穿那种奇怪的裤子，让你的腿看起来像两根竹竿？”

我低头看着我的紧身牛仔裤。“每个人都这样穿。这是时尚。”

爷爷摇了摇头。“这没让你的脑子因缺血而坏掉真是个奇迹。”

“它已经坏掉了，不是吗？我在这里任你拿我开涮，然后我还付钱让你去收获一生难忘的经历。”

他目不转睛地看着我。“还真是。”

就在我刚想对他发火时，我注意到了他嘴角露出的一丝微笑。这让我想起了爸爸，然后我发现自己也不由自主地笑了。

“好了，”他说，“我们是不是可以结束这个话题了？”

就在这时，我意识到实际上我还没有想好前往起飞场的方法，那里离市区非常远。由于我最近非常关注交通的问题，所以这对我来说是一个出乎意料的疏忽。

我给很多出租车公司打了电话，但一个多小时都没人接。于是我试着呼叫一架直升机，但据跟我通话的那个人说，他们不提供像优步[①]那样的服务。

当弗兰克爷爷把我缺乏远见的原因归咎于我紧绷绷的牛仔裤限制了大脑的氧气供应后，他想出了一个（从表面上看）似乎绝妙的主意。

“秋叶之家有一辆小巴士，”他说道，“而且我有驾驶执照。”

这两句话都不是骗人的。只不过他的驾驶执照早在十二年前就过期了，而秋叶之家的那辆小巴士比这里最年长的住户还要老一百岁。但我没想过去质疑这辆小巴士是否适合行驶，以及爷爷是否适合开车上路，因为我当时满脑子想的都是热气球。（直到我们在一团黑烟中以每小时二十六英里的速度行驶在双车道上时，我才开始慎重考虑这些问题。不过那时我已经无能为力了。）

话说回来，弗兰克爷爷好像猜到了史蒂芬不会同意把小巴士借给我们，所以他让我站在那儿把风，他则溜到接待处后面，偷偷打开抽屉拿出一串钥匙。他那淘气的眼神，让我意识到了爸爸不太守法的行为习惯是从哪里学来的。

我们跑到停着小巴士的大楼旁，跳上了车。爷爷启动引

---

① 一家交通网络公司，提供用应用程序即时在线叫车的服务。——译者注。

擎装置时，车子发出了啪嗒啪嗒的声响。尽管我们俩都不是机械师，但都不约而同地说："这听起来不太好。"

爷爷艰难地调整车头方向，撞倒了秋叶之家的路牌，车头还被撞出一个凹坑来。之后，爷爷把脚重重地踩在油门上，我们终于出发了。

至少我们以为我们出发了。

就在这时，一阵哀号声从后方传来。弗兰克爷爷猛踩刹车，我们回头一看，发现小巴士的后门大大地敞开着。

爷爷瞬间从座位上跳起来。"用一块三文鱼扇我的脸吧！是布伦达！她一定是之前就在车里！"

"什么？"我说，"他们为什么把她关在小巴士里？"

“那个老太婆刚刚从后门滚出去了！”

原来，布伦达就是我第一天来时见过的那个老奶奶，就是坐着轮椅、有点胡楂的那位。

我跑到小巴士后面，发现弗兰克爷爷正试图把她推回车里。“你在干什么？”

“她现在是我们的一员了。她知道得太多了，她得跟我们一起走。”

我说：“什么？”

布伦达说：“什么？”

爷爷说：“你要帮我把她推上去，还是傻站在那儿？”

我能说的只有“什么？”了。

布伦达说：“你们要带我去做约好的针灸治疗吗？”

弗兰克爷爷没有理会她。“如果我们想顺利乘上热气球，那布伦达也得一起去。我们不能放她走，让她回去大声嚷嚷我们偷了小巴士。”

“我以为我们只是借用而已！”

“没区别。”看来爷爷对借的观念和爸爸一样。

“我们不能挟持布伦达。如果她报警，我们可能会进监牢。”

我和爷爷双双看着布伦达，然后他问道：“你会报警吗？”

她整理了一下自己的上衣，说：“热气球听起来肯定比针灸好。我一直想坐热气球。说实话，它在我的遗愿清单上。”

爷爷又抓住了轮椅的把手。“很显然，也在我的清单上。”

爷爷设法找到了降低尾板的按钮，然后我们把布伦达推上了小巴士。我用力地关上后门，确保这次关紧了，我们才开车离开。

对弗兰克爷爷的遗愿清单计划而言，这并不是一个理想的开始。但如果布伦达是这段旅途中唯一的障碍，那我依然相信我们会度过一段美好的时光。

只不过，我没有预料到一个坐在轮椅上的老太太将带来多混乱的局面。

第13章

坐上热气球前一定要做足功课

我从来没有在抵达一个目的地时这么开心过，不是因为热气球而感到兴奋（虽然我真的很兴奋），而是因为我很庆幸弗兰克爷爷没有在A20公路上把我们送上不归路。显然，对于遗愿清单计划而言，这是一个非常令人失望的开始。我从来没想过我会找到比我爸爸妈妈的开车技术还差的司机，但我现在找到了。

气球戴夫迎接了我们，他用他那双大手挥掉了小巴士的尾气烟雾。“你一定是弗兰克吧。”他握着我的手说。这是爸爸所说的那种“有力”的握手方式，因为他让我觉得我的手指骨快要碎了。他帮我把布伦达从车上推下来，而布伦达似乎对这次即兴出游感到越来越满意了。“现在，”戴夫说，“风有点儿大，但升空应该没问题。我很想在下周的大型气球表演之前放飞这个热气球。”

“真是个好消息。”我说，因为当时我真的以为是好消息。

布伦达说：“我只知道这将是我一生中难忘的体验。”

她说得完全没错。

我把一叠钞票递给了气球戴夫，用来支付乘坐热气球的费用。幸好，我的钱足够付上布伦达的那份。

“以前从来没有小孩子来预订，”他说道，“你说你有监护人可以在协议上签字？”

我指了指弗兰克爷爷。“是的，他。他是我爷爷弗兰克。我是照顾他的人。”我很喜欢我说这句话的感觉，但也许我说得有点儿太自豪了，因为我注意到弗兰克爷爷在上下打量我。

气球戴夫握了握爷爷的手。“您的孙子真了不起。”

当爷爷回答“是的，我知道”时，我完全被震惊了。

“你觉得我很了不起？”

弗兰克爷爷扯了扯他的领带，好像脖子突然被勒得很紧似的。“我当然不会用‘平凡’来形容你，但请你不要得意忘形，也不要出洋相。”

这说起来容易但做起来难，不过我还是抑制住了激动的心情。

弗兰克爷爷替我签了所有的协议。他假装忘记了我的名字，这看起来很愚蠢，因为我的名字和他的名字一样（除了我的中间名是约翰以外），大家都笑了。另外，老年人必须签署一些免责声明，这花费了不少时间，因为有一个部分要求他们列出所有的用药情况。爷爷和布伦达的这些药全部加起来都可以开一家药房了。

“你吃那么多药做什么？”我问他。

他回答：“不关你的事。不过，如果这些药没有起到一点儿帮助的话，我是不可能保持我这样的好身材的。”

我看了一眼他的肚腩，想告诉他他并没有得到正确的帮助，但想了想还是算了。

气球戴夫非常自豪地告诉我们，他有全郡最大的热气球吊篮。这对我们来说很幸运，因为这样就装得下布伦达的轮椅了。他拨弄着巨大气罐上的几个旋钮，说：“你们准备好迎接这一生最难忘的体验了吗？”他的声音听起来就像文尼伯伯在跳华尔兹时说“如果你想更快，那就尖叫吧！”。

由于一生最难忘的体验正是我所期待的，于是我说：“是的！我准备好迎接一生最难忘的体验了。”

布伦达大声欢呼，爷爷发出一声牢骚，我选择将其视为积极的牢骚，而不是消极的牢骚。

总而言之，一切进展得很顺利。

戴夫关上门后，我才惊觉热气球实际上是在几千米高的空中飞行，而我们的脚下只有藤条筐。我抓住吊篮的一侧，思考了一会儿关于藤条筐的问题。藤条并不是最坚固的材料。我敢肯定，三只小猪用藤条做的房子很容易被狼吹倒。如果要我为热气球设计一个吊篮，藤条绝对不会是我给吊篮底部首选的材料。我可能会选择用制造飞机的材料。

弗兰克爷爷一定是察觉到了我的不对劲，他问："弗兰克，你没事吧？你的脸色有点儿苍白。"

"我没事。"我回答道，尽管我内心还有一些很大的疑虑。藤条人[①]不是用来烧的吗？为什么会有人认为把用藤条编织成的吊篮挂在一个大大的火焰喷射器下面是个好主意？

"你确定没事吗？"布伦达上下打量我，她的嘴唇像大猩猩吮吸大糖球般噘了起来。她的举动让我意识到自己应该去买猴子，而不是把钱花在老年人和这些高危险性的藤条上。

但我不可能告诉他们我的真心话。首先，我不确定他们能不能理解我为什么会突然后悔没有购买一种灵长类动物。其次，我可不想丢了面子。所以，我说了我爸爸会说的那种话："我超好的，谢谢。"然后尽量忽视我那快要出大事了的不祥预感。

---

① 藤条人是以藤条编成的巨型人像，用于古代德鲁伊信仰的献祭仪式。——译者注

如果当时的我知道，即将遇到麻烦的是布伦达，而不是我，也许我会放轻松一点。

第 14 章

请关注天气预报

爸爸不太喜欢提起那一次他在超市的停车场顶楼被绑住双脚悬吊在半空中的事。他从不该借的人那里借了一些钱（这就是我们搬家的原因）。我不怪他不愿提起这事，因为妈妈最喜欢的一个日间电视访谈节目中的秃头医生说过，重提创伤并不总是一件好事。不过，对此爸爸说过一句话，那就是，当你在高处，而一切都在你的眼皮底下时，你会获得一个从不同视角看待事情的独特机会。

我想爸爸说的“事情”指的是生命。

因为自他被警察救下来，并再次完成社区服务后，爸爸承诺会去找一份更加脚踏实地的工作，成为一个更好的爸爸。他说他在停车场的顶楼上看到了“更大的生命图景”——生命的意义就是为了活着，而且要好好活着。不过我猜想，对爸爸来说，好好活着总是意味着拥有很多钱。

我们坐着彩虹色的热气球从空中俯瞰大地，我很好奇弗兰克爷爷是否也体验到了类似的关于生命的启示。

“站在这里，从不同的视角看世界，有没有让你明白凡事都有它的意义这个道理？”

弗兰克爷爷耸耸肩。“坐热气球比我想象的要轻松一点儿。”也许我需要用他的鞋带把他悬吊到篮边上，他才会有更深刻的感悟。

吊篮边上有一个小小的窗口，布伦达可以透过它看到远方。比起爷爷的反应，她似乎对眼前的这一切颇为震撼。她不停地说道：“噢！你们快看，这是不是太奇妙了？让人感觉活着真好啊！”

这就是我想从弗兰克爷爷那里得到的反应。“爷爷，你感觉到活着真好了吗？”

“我只后悔没多穿件背心。”他边说边系紧猎鹿帽的带子。

我为这次的热气球飞行花了一千英镑——这还是我第一次见到这么多钱，只希望能让弗兰克爷爷享受生活，结果他唯一注意到的是风有一点点大。好吧，虽然这风可能不只一点点大，但不管怎么说，他还是可以稍微热情一点儿的。

在我说服自己对藤条的疑虑是完全没有根据的之后，我才开始真正地享受这次热气球之旅。尽管后来发生了很多事，但也许它仍然是我最喜欢的交通工具之一。显然，它并不能取代骆驼的地位，但它真的很不错。

爷爷在这个地方生活了一辈子，所以他成了这趟旅行的最佳导游。他指给我们看他和诺拉奶奶结婚的教堂、我爸爸出生的医院、1978年弄丢他的西装裤还撒谎的肥皂泡泡洗衣店、他第一次喝啤酒的酒吧、他教我爸爸骑自行车的公园……还有各种各样很酷的回忆。气球戴夫说他可以聘请爷爷做观光导游，因为他说得实在是太好了。

我乐不可支地享受着眼前的一切，以至于想亲自尝试操控一下热气球，于是我说："戴夫（我没有当着他的面叫他气球戴夫），我可以试试把火调高吗？"

他似乎不支持这个想法，因为他说："当然不可以。这违反了所有的健康安全规定。除了我以外没有人可以碰那个燃烧器。你甚至需要经过多年的训练才能转动打开阀门的手柄。如果被人发现的话，你知道这会给我造成什么影响吗？我会被吊销执照。没有商量的余地。"

我决定采用爸爸的方式。"我给你两百英镑。"

"成交。"

向热气球的球囊内喷火加热是一种让人异常激动的体验，因为这意味着你正在放飞自我，同时会让你的肚子产生一种奇怪的"运动"——我还挺享受这种感觉的。但过了一会儿，我不得不停下来，因为布伦达说同样的感觉让她想撒尿，我可不想和一个膀胱本来就有问题的老太太待在几百米高又没地方上厕所的高空中。

在我停止捣鼓燃烧器后，风真正地大了起来。几阵狂风把我们吹倒在地，布伦达则是滚到了吊篮的另一侧。我必须承认，我开始有点儿担心，并再次质疑藤条筐的可靠性。

弗兰克爷爷一定也开始有点儿担心了，因为在布伦达第三次撞到他后，他说："这风应该还好，是吧，戴夫？"

我原本以为气球戴夫会说没事，结果他咬了咬嘴唇，看了一下手表，然后说："也许是时候降落了。等有合适的气流，我看看能不能掉头返回起降场。"

在这个节骨眼上，降落听起来是一个明智的选择。我感觉肚子开始发紧，这种感觉就像上次不小心吃了在冰箱深处找到的已经过期了两年的酸奶一样。

风改变了方向，把热气球吹了回去。我注意到我们返回时正好会经过妈妈的网球俱乐部。我仔细看了看是否能看到她，因为我觉得她穿着五颜六色的运动服很容易就可以被认出来。我没看见她，但我看到了别的引起我注意的东西。

那是一辆引擎盖与车身其他部位颜色不一样的车。是爸爸的新车。它在银色的奔驰和黑色的路虎揽胜中间格外显眼。妈妈应该不喜欢爸爸出现在那里，我清楚地记得她曾经告诫过他不要这么做，否则她会给他表演一个近距离的正手扣球。

正当我准备指给弗兰克爷爷看时，我迟疑了，因为这时有人从副驾驶座位上出来了。我一眼就看出了是谁。那个人就是被晒得黑不溜秋的托尼——妈妈的网球教练。我一点儿也想不出来爸爸为什么要跟他说话。

但是，当另一个把头发扎成马尾辫的男人从后座钻出来的时候，我就意识到一定是爸爸又在搞什么把戏了。现在回想起来，也许是坐在热气球上的我，将这一切看得最清楚。

但我当时还没来得及细想，心思就被热气球的降落和可怜的老布伦达所经历的一切给打断了。

第 15 章

为意外做好准备

我们在医院等待布伦达接受身体检查时，气球戴夫告诉我们，他已经乘坐热气球超过三千次了，从来没有体验过像今天发生在我们身上的这样的事情。他说：“所有人都还活着，我们还是很幸运的。”

弗兰克爷爷说：“我不会用‘幸运’这个词来形容我现在的感受。”

我明白他的意思。不可否认，这是一次相当痛苦的体验。

虽然我以前没有坐过热气球，但当它开始急速下降时，我就知道这不是教科书里所说的着陆方法。气球戴夫让我们的身体保持平稳低位，将头放在双膝之间，并采取支撑姿势。接着，大风在我们的头上咆哮怒吼，热气球大幅度地上下摇晃颠簸。我吓得脸都绿了，但弗兰克爷爷却看起来漫不经心。我想，也许他是不想表现得让我担心。

布伦达把手放在我的膝盖上说："这些呼呼呜呜的东西会让我的假牙松动的。"

弗兰克爷爷说："一切很快就会结束的。"然后把他的手搭在我的肩膀上。

这听起来不错，但我以为他说的"结束"是指我的生命，所以我一时控制不住自己，大喊道："我不想死！"

尽管当时不是一个适合嘻嘻哈哈的氛围，但弗兰克爷爷对着我大笑了起来。

我吼道："这种时候你还笑得出来？"

他说："你这个笨蛋，我的意思是我们很快就会着陆了。"

然而，我们并没有很快着陆。首先，热气球猛冲向肥皂泡泡洗衣店屋顶的招牌。我们朝招牌重重地撞了上去，然后，招牌上的"泡泡"掉到了布伦达的大腿上。

爷爷笑得更厉害了，大声嚷嚷道："谁叫他们当年弄丢了我的西装裤！"这也太不可思议了，怎么会有人为了这种事怀恨在心这么久。

气球戴夫并没有笑。老实说，他的脸色很难看。他的动作很快，给热气球重新充气并降低了一点儿高度后，他借着风力带我们绕过洗衣店招牌的残骸，逐渐远离下方忧心忡忡地围观我们的人群，进入了空旷的区域。

我觉得一定是在这个时候，某一条捆绑在热气球上的缆绳不知何故松脱了下来，悄悄地缠绕在了布伦达的轮椅上。然而，在迫降和坠亡危机面前，没有人注意到这件事。

气球戴夫英勇地不断尝试把热气球控制住，但风实在是太大了。他尽了最大的努力避开后方的树木，但这些树都是瘦高个儿，并且都在剧烈地摇晃。咔吧一声，热气球飞到树枝上，我们遭遇了第二次猛烈的撞击。正当我以为我们会被困住时，又一阵大风把我们吹向了另一边。

“我们来不及到起降场着陆了！”气球戴夫喊道，“我们得在公园紧急迫降！”

那一刻我并不太在意我们在哪里降落，只要能着陆就行，平安无恙就好。

气球戴夫继续喊道：“在我尝试让这玩意儿着陆时，请每个人趴下并保持身体平稳！”

从藤条吊篮底部来看，我可以明显地感觉到，对气球戴夫来说，要独自在狂风中操控这个全郡最大的热气球吊篮实在是太难了。幸运的是，爷爷一定也意识到了这一点，他把领带塞进T恤里，跳起来一把抓住了戴夫，戴夫才没有掉到篮筐外。看着爷爷试图拯救我们，我打从心里感到骄傲。

热气球开始越飞越低，如同天空中的一只彩虹色钟摆来回摆动着。可能是风太大的缘故，公园里的人不多。这绝对是一件好事，因为这意味着热气球不太可能降落到某个人的头上从而毁掉他的一天。

“快到了，轻松搞定！”气球戴夫一边引领着我们着陆，一边说道。他的脸上还在冒汗，但看起来不像刚才那样紧绷绷的了。“我想我们就快要成功了。”

弗兰克爷爷张开四肢，扩大身体与篮底的接触面，说道：“大家铆足劲儿，准备应对轻微的颠簸。”

我为“轻微”的颠簸撑着自己的身体……但迎接我的却是一个巨大的颠簸。那个感觉就像屁股的骨头要从头骨里穿出来一样。我猜布伦达的轮椅甚至悬空了几秒钟。

气球戴夫抽出一根绳子，放掉热气球里的最后一点儿空气，热气球便戏剧性地掉落了下来。爷爷瘫倒在我和布伦达旁边的吊篮底板上。

气球戴夫用他的大手擦了擦脸，说道：“感谢你们乘坐戴夫的“美妙飞行”。希望你们今天收获了与我们共度的愉快旅程。”接着，戴夫就好像他的热气球那样，身体从下往上开始“漏气”，最后和大家一起软趴趴地躺在地上蜷成一团。

大家沉默了一会儿后，才爬到比较坚实的地面上。气球戴夫把坐在轮椅上的布伦达推到了我和弗兰克爷爷旁边的草地上。我想在热气球前给他们拍张照片，以记录我们在弗兰克爷爷的遗愿清单的第一项活动中幸存了下来。

我把“泡泡”招牌碎片交给爷爷，让他拿着，然后用手机对准他们说：“请大家笑一笑。尤其是你，弗兰克爷爷。”

爷爷的薄嘴唇勉强地露出了一个微笑，而气球戴夫……好吧，老实说他看起来还是像受到严重创伤后的样子。布伦达开怀大笑，并竖起了大拇指，因为此时的她还不知道接下来会发生什么。

就在我说“请大家高喊老年快乐！”这句话时，话音未落，公园里就刮起了一阵大风。不知怎的，这阵风使热气球完完全全地膨胀起来，并把它吹向草地的另一边。如果不是布伦达的轮椅还被一根气球缆绳拴在上面的话，这本来不是一个大问题。

轮椅以极快的速度在草地上飞奔起来，上上下下地弹跳，布伦达嘴里大声地念叨着一些话。

我想我们之中没有人知道该怎么做，因为这简直太出乎意料了。我们就目瞪口呆地站在那里，看着热气球和布伦达越跑越快。

“应该有人做点什么。”我抱着渺茫的希望说。

爷爷点了点头，几乎同样没有说服力地说道：“真的应该有人做点什么。”

但我们全都继续呆呆地站着，什么也没做。布伦达飞快地穿过草地，直奔向池塘。我想，综合各种现实因素来看，对她来说那里应该是最舒服的着陆点了。

第 16 章

人要么漂浮，要么下沉

我在四年级上游泳课的时候，我的游泳老师说，人要么漂浮，要么下沉。对布伦达来说，幸运的是，她是那种会漂浮起来的人，所以她没有随轮椅一起沉入公园的池塘底，而是在一群又大又老的鸭子（弗兰克爷爷告诉我那是加拿大鹅）中荡来荡去。试想一下，那可是从加拿大远道而来的鹅！我当时并不担心布伦达会溺水，反而更担心她被啄死。幸好那些鹅看起来对她毫无兴趣，我才松了一口气。

不管怎样，布伦达获得了来自医院的身体健康状况良好的证明。（除了她不太能走路、看不太清楚、听不太清楚，但她在落水之前就是这样的。）

当我们回到秋叶之家时（布伦达坐救护车，我和爷爷坐小巴士），我意识到史蒂芬对我和爷爷的行为感到非常难过和失望，因为他说：“我对你们俩的行为感到非常难过和失望。”

护理人员把布伦达带回她的房间后，史蒂芬在休闲室里当着大家的面狠狠地训斥了我们一顿。爷爷和我双眼看着地毯，以表现出诚恳的歉疚，但他在史蒂芬不注意时对我眨眨眼笑了一下。

“逃出去是一回事，但偷走小巴士又是另一回事。这不仅是非法的，而且非常危险。”史蒂芬说这句话时脸涨得通红。

爷爷和我不约而同地说道：“对不起，史蒂芬。”

“还有！你们不仅没有告诉任何人就突然消失不见，偷走小巴士，甚至还劫持了一名住户。可怜的布伦达在等司机送她去针灸诊所，结果下一秒就莫名其妙地被带到了热气球上！”史蒂芬气得在房间里来回踱步。尽管这件事的结局并不算太糟糕，但他还是让自己陷入了很大的焦虑中。

“也许你终究还是需要考虑安装一个电篱笆，会拖我们后腿的那种。”我说。

史蒂芬停下脚步，回头恶狠狠地盯着我。

“其实，说句公道话，布伦达当时很乐意跟我们一起走。”

他又瞪大了双眼。“你的意思是，她很乐意去上一堂即兴的游泳课？我才不这么认为！布伦达已经八十七岁了，天哪！想象一下，在这个年龄被热气球拖拽着在草地上乱飞，然后和一群加拿大鹅在池塘里一起游泳，她得承受多大的压力。”

这不是适当的时机，也不适合这样做，但我忍不住咯咯地笑了起来。然后我听到一阵从鼻子发出的哼哼声，我才发现弗兰克爷爷也在窃笑。

史蒂芬高举双手说：“我真服了你们两个！很抱歉，达文波特先生，是你逼我的，你已经失去了未来两周看电视的权利。”然后他恼怒地走出了房间。

我说：“别担心，弗兰克爷爷。我会给你买一台电视。我有很多钱。”

“你总是这样说。”他说，“不管怎样，我有一种预感，有了你准备的那份遗愿清单，我会忙得没时间看电视了。”

“所以你还想继续，在发生了今天那么多的意外之后？”

弗兰克爷爷清了清嗓子，声音变得严肃起来。“我还有其他选择吗？除非我不想要西班牙的别墅了。”

“我想没有。”我一直希望他愿意实现遗愿清单计划只是为了想和我在一起，但后来我想起了我的“奖励”，我们都有各自的目的。

弗兰克之家
BOUR

第 17 章

生活就是妥协，就像养不了猴子就养狗

那天晚上，爸爸又出门了。我很好奇他到底在搞什么名堂。我不断想起那个扎马尾辫的男人，以及爸爸为什么会在车里跟他说话。

妈妈没有强迫我吃她做的饭，而是点了一份意大利香肠芝心比萨，让我坐在电视机前吃。我本该意识到她也在搞什么把戏，因为她从来不允许我们在那块毛茸茸的白色地毯上吃东西，但我正忙着一面吃，一面看一档非常有趣的节目，叫《电视超级花絮》。

她走过来，按下了暂停键。我很不高兴。

“喂！你干吗按暂停？我要看看香蕉皮和那头驴子发生

了什么。”

尽管节目很滑稽，但她一脸严肃。“你还好吗，弗兰克？”

“在你把节目暂停之前，我很好。”我朝遥控器点了点头，示意她重新播放，结果她把电视关掉了。我把一块比萨皮扔到盘子上，向她表示我的不满。

“我想和你谈谈你爷爷的事。”

“现在我永远也不能知道那头驴到底发生什么事了！”

“弗兰克，你能不能认真一点儿？”

这时我才意识到她的把戏。认真只意味着一件事——她想谈钱的事。

“我知道你去看过你的爷爷了。你整天和他在一起都做了些什么？和一个老人出去玩有什么乐趣？”

“比跟爸爸四处闲逛，或者和你待在网球俱乐部有趣多了。我多希望你从来没有赢得那个俱乐部的会员资格。再说，我也没有朋友在家门口等着见我。”最后那句我说得很小声，所以我觉得她应该没听见。

她深深地叹了口气，带着有点儿疲惫的语气说：“别再提这个了，弗兰克。”我觉得这也太厚脸皮了，因为是她开启这个对话的。如果她能让我收看完驴子的故事，我是不会抱怨网球俱乐部的事的。

“那你告诉我，你和你爷爷做了什么有趣的事？”

“今天，我们去坐热气球，结果风太大了，我们差点儿坠落。好吧，我们确实坠落了，撞到了肥皂泡泡洗衣店。但我们活了下来，是弗兰克爷爷帮忙操控热气球降落的。他真是太酷了。布伦达最后掉进了池塘里，但她浮了起来，所以人没事。”

妈妈朝我眨了两次眼睛，然后说：“弗兰克，你在说什么？”

“我只是在告诉你我今天和弗兰克爷爷做了什么。”

妈妈盯着我看了一会儿，然后拿起盘子说：“咱们家发生了一些事，弗兰克。是很严重的事。等你清醒一点儿时，我再跟你说。”说完她便走出了房间。我能听见厨房里砰砰作响的声音，她一个人在那儿发牢骚。我也许应该好奇到底是什么严重的事情，但我实际上并不想知道，而且，遗愿清单上的下一个活动还等着我去安排。

在她回来想跟我谈更多之前，我匆匆地跑回楼上去了。我在卧室门上贴了一张“禁止入内”的纸条，然后关上了门。接着，我从屁兜里掏出遗愿清单，选择下一步我们应该进行的活动。我想，在绕过热气球事故的鬼门关后，接下来不应该做太冒险的事。

于是，我很快就知道我该选择哪个了。学习训练猴子绝对不会危及生命，只会非常有趣。然而，在网上搜索并打电话给皇家防止虐待动物协会确认后，我发现训练猴子是不被允许的。这不被视为一种对动物友好的活动。看来我的猴子梦注定不会成真了。不过，该协会的苏女士把我从极度失望中救了出来，因为她说：“如果你想学习训练点儿什么，你可以从养狗开始。”

弗兰克爷爷肯定会喜欢狗。每个人都喜欢狗。

我说：“谢谢你，苏女士。这是个好主意。”然后开始搜索养狗的渠道。

我花了一点儿时间才弄明白。原来，照顾爷爷比照顾一条狗要容易得多。买家必须年满十六岁才能买狗，我可没那么大。此外，还要进行各种各样的条件筛查，确保买家会成为一个好的狗主人。

一开始我以为想得到一条狗就必须像得到一只猴子那样，得把它买回来才行。但我突然想起了妈妈做头发的地方——狗狗之家。

那是一家狗狗救助中心，也是一家狗狗美容院和美发店。

我告诉了他们关于弗兰克爷爷遗愿清单的事，狗狗中心的主人珍妮丝说她有一只很棒的狗可以借给我们，因为这个计划的立意很赞。

解决了这件事后，出于对布伦达不得不使用医院的轮椅感到有点儿内疚，我为她预订了一辆全新的粉红色顶配轮椅，毛茸茸的扶手上带有黑金色的豹纹，轮辐上还点缀着彩灯。

与此同时，我还买了一些能把秋叶之家的康乐室变成一个跟它的名字匹配的东西。

我心满意足地上了床。我完成了优秀的老人照护服务。

在想着自己是如何出色地执行了已故继祖母诺拉的最后一个嘱咐，并琢磨着我最终会得到多大的奖励时，我迷迷糊糊地进入了梦乡。

第 18 章

每个人都是真正爱狗的人

第二天一大早，我就来到了秋叶之家。爷爷正在休闲室里怒气冲冲地在一本填字游戏书上乱涂乱画。我迫不及待地告诉了他下一个活动。

“狗？你给我弄了条狗？”弗兰克爷爷把那本填字游戏书放到了茶几上。

我一屁股坐在矮凳上。“算是吧。但你不能带它来这里。史蒂芬说不能养宠物，因为有些住户会过敏，养狗可能是致命的，所以我决定租一条。再说，买狗有很多规则，还得十六岁以上才行，我也不确定你是否有足够的责任感。”

“什么意思？你给我租了条狗？”

“嗯，其实是借来的。”

“你把我搞糊涂了。”

我并不觉得这是一个难以理解的概念，但弗兰克爷爷似乎还在纠结这个问题。我不打算向他解释“借”的意思，于是我拿出手机，打开网页念给他听：“狗被证实可以给人带来幸福感、陪伴感，甚至是活下去的理由。这听起来不错，对吧？”

他扬起一条蓬松的大眉毛。“是这样吗？”

“对，是这样的，这里写着呢。我一直想养条狗，可是妈妈不喜欢家里有狗毛，爸爸又说养狗太费钱了。”

“那你凭什么认为我会想要呢？”

“因为狗狗都很聪明。我觉得这对你有好处。迪奇会带给你不一样的新生活，甚至可能让你快乐起来。”

“迪奇？”

“它是一只纽芬兰犬，就像彼得·潘的狗一样。”

“纽芬兰犬不会太大吗？”

“我想既然要为你租一条狗，不妨尽可能用我的钱租到一只性价比很高的狗。迪奇可是一只非常出色的狗。”

弗兰克爷爷摇了摇头，接着说了一些有点儿奇怪的话。他说：“诺拉不会喜欢的，儿子。我去上班的时候谁来照看它呢？”

仔细想想，我当时应该更委婉一些的，而不是脱口说出这些话：“诺拉死了，爷爷。还有你年纪太大了，不可能有工作了。你已经很多年没有上班了。”

有那么一瞬间，他变得不像他自己了。当时的我并不明白他脸上的表情意味着什么。但我现在知道了，那是恐惧。

几秒钟过去了，他呆呆地坐在那里，看上去怪怪的。我以为我又把他的大脑弄短路了。我正要在他面前挥手说“叮咚！有人在家吗？”，看能不能让他回过神来时，他似乎突然想起了自己身在何处。

“你说的是一条狗？”

“是的，是一条狗。你还好吗，爷爷？我刚刚还以为我又把你搞迷糊了呢。”

“我很好。我只是在努力接受你给我租了一条大大大狗的事实。”他听起来并不好，因为他的声音有点儿颤抖，但我没有多说什么。我假装一切都很正常的样子，这就是我们经常会做的事，不是吗?

“我知道它很大，但它非常友善。当你向别人秀它时，应该很容易驾驭。”

“秀它是什么意思？”

“就是，你带它去参加狗狗秀比赛，带它绕着圈小跑，然后因为表现优异而获得玫瑰花环。参加狗狗秀比赛是遗愿清单的其中一项活动，你得完成它。”

“弗兰克，我从来没小跑过，也永远不会小跑。”

“你不需要小跑。它会，它知道怎么做。”

“而且，我真的不是一个喜欢狗的人。”

这话说得也太可笑了。世界上只有两种人：一种是喜欢狗的人，另一种是喜欢狗但还不知道自己喜欢狗的人。

“那你宁愿待在这里和其他人一起画水果盘吗？”

从他皱起那又大又老又粗糙的鼻子的表情，我可以看出他对这个想法并不满意。他瞥了一眼桌子，史蒂芬正在把一根看起来很悲伤的香蕉、一个菠萝和一颗干瘪瘪的橙子放进水果盘里。

“我想是这样的，弗兰克爷爷，你要么选择留在这里，做你在过去几百年每天都在做的事；要么和我一起去探索新事物，比如带迪奇出去散步。”

“好吧，只要现在能让你闭嘴就行。”

“你不会后悔的！”

“坐热气球之前你也是这么说的。”

珍妮丝、保罗·吉布森和迪奇以及其他大约二十只狗住在狗狗之家，距秋叶之家步行只需不到半小时。这说明我们走路就能抵达那里，而不必劫持任何不适合上路的小巴士。

我和珍妮丝通电话时，她告诉我迪奇刚过十二岁。如果我会背乘法口诀，我就能准确地告诉你它换算成人类的年龄是多少，但我现在只能猜它大概八十岁左右。仔细想想，它竟和弗兰克爷爷差不多大。珍妮丝还告诉我，迪奇一生中大部分的时间都是在狗狗之家度过的，他们从来没能为它找到一个新家。它的第一个主人意识到它实际上是一条很大的狗后，就决定不再养它了。也就是说它被它的家人抛弃了。我想这也有点儿像弗兰克爷爷，一个人孤独地住在养老院（在我提出遗愿清单的想法之前确实是这样的）。

珍妮丝和保罗把狗狗之家定义为“三合一”的生意，他们在同一屋檐下经营着一家狗狗救助中心、一家狗狗美容院和一家美发店。珍妮丝负责的是狗狗美容和人类美发。她说，这两者需要的技能大同小异。当你看到她为人类顾客做的一些发型时，你就会明白她说的这句话。妈妈经常去那里理发，所以我很清楚这一点。

我们在救助中心的接待处见到了保罗和迪奇。我看过迪奇的照片，但即便如此，我也没有预料到它实际上有这么大——我说的是一匹小马的大小。如果爷爷想，他甚至可以骑它。但他不想，我问过了。

当爷爷第一次见到迪奇时，他说：“哇，天哪，那到底是个什么东西？”

我很难不用一种非常骄傲的语气回答道：“狗。”

弗兰克爷爷指着迪奇。“可这里没有狗，这是一头野兽。”

我赶紧用手捂住了迪奇毛茸茸的大耳朵。“弗兰克爷爷，你不能这么说！你会伤它的心的。”

保罗看了看弗兰克爷爷，把他那一头又长又乱的头发甩到肩上，用一种慢得几乎让我快睡着的声音说：“迪奇是我们这里内心比较敏感的狗。”

弗兰克爷爷气急败坏地说：“狗听不懂我们在说什么！”

尽管只是租的，但我认为第一次见到自己的新宠物就说这种话，着实不太好。看样子，迪奇十分同意我的观点，因为它歪着它那硕大的脑袋，呜咽了一声。

保罗温柔地抚摸了一下迪奇的大耳朵，然后对弗兰克爷爷说：“你必须道歉，否则它可能会有不可逆的心灵创伤。”

弗兰克爷爷竟然哈哈大笑起来，我简直不敢相信。谁会觉得一只有心灵创伤的狗很好笑？于是我说：“爷爷，你得道歉！”我狠狠地瞪了他一眼，让他知道我是认真的。

弗兰克爷爷似乎变得有点儿不安，但他仍然没有跟迪奇说对不起。他说：“哦，我的天哪，我是不会向一条狗道歉的。”

我更加用力地瞪大眼睛，保罗摇了摇头，迪奇又悲伤地呜咽了一声。

弗兰克爷爷依次看了我们一眼。他寡不敌众，再加上做错事的人是他，所以我不觉得他在当下还有其他选择。

“弗兰克爷爷，就说一句对不起吧。这一点儿也不难。”

他发出一阵牢骚，然后说：“我不敢相信我会做这种事。好吧，迪奇，对不起。”

我朝弗兰克爷爷满意地点点头。迪奇在他的手上舔了一大口，他故意大力地擦掉了。不过，我觉得我们都可以感受到，一个爱发牢骚的老人和一只巨大的狗狗的感情正在悄悄地萌芽。

第 19 章

老年人也可以学习新的技能

保罗把迪奇的狗绳递给弗兰克爷爷，对他说："下面是今天的安排。弗兰克，你和迪奇去美容室，珍妮丝会在那里等你们。她会向你展示如何让迪奇在今天下午的狗狗秀上引起轰动。"

"狗狗秀？今天下午？但我还不知道怎么秀一只狗。"

保罗把手搭在弗兰克爷爷的肩上，说："别担心，朋友。我知道你和迪奇才刚认识，但那是一个给初学者的比赛。我们会教你怎么做。基本上就是牵着它小跑一下而已，没什么好担心的。"

弗兰克爷爷瞪了我一眼。"我不小跑。"

保罗淡淡一笑，说：“放轻松，迪奇的爷爷。我相信我们会找到一些你也擅长的东西的。”

尽管我和爷爷以前都不认识珍妮丝，但她见到我们时表现得雀跃不已。她穿着一件写着Short Bark’n’Sides[1]的T恤，留着一头橘金色头发，让我不禁联想到西班牙猎犬的耳朵。她蹦蹦跳跳地走过来，依次拥抱了我和弗兰克爷爷。弗兰克爷爷并没有很好地掩饰他不会拥抱人的事实，而是做出了跟迪奇舔他时一样的表情。

“我必须说，当你的孙子告诉我遗愿计划时，我觉得这主意妙极了！你一定会爱上和迪奇共处的时光的。它真的是世界上最温顺的狗，又温柔，又善良，从不给我们带来任何麻烦。”

现在回想起来，我已经很难相信从她嘴里说出来的这些话，但我想她当时并不知道接下来会发生什么。

她挽着弗兰克爷爷的胳膊，在他抱怨之前带他走出了一扇门，穿过一条贴着斑点狗花纹墙纸的走廊。弗兰克爷爷一直拉着迪奇的狗绳，这只大狗乖乖地跟着他。我后来才意识到那是一个巧妙的骗局，它只是为了让大家产生一种虚假的安全感。

我跟在后面，一直走到一扇门前，门上的招牌写着：欢迎光临，大明星！珍妮丝把它翻了过来，另一面写着：狗狗

① 英国一家宠物美容店的名字。——译者注

护理中，请勿打扰。

她发出高分贝的尖叫，拍手说道：“准备好了吗，精致的男孩？”

弗兰克爷爷暗笑了一下说：“嗯，呃，对。我想我准备好了。”

珍妮丝说：“哦，我是说迪奇！不过没错，你也很精致！”

弗兰克爷爷的脸涨得通红，结结巴巴地解释说他知道她原本的意思。

珍妮丝松开双手，把门打开。“现在，精致的爷爷——”

“真的没必要这样。”他看起来仍然很尴尬。

她走到房间中心的一个巨大装置前，说：“这是个特大号的液压狗美容台。待会儿我把它放下来后，我要你命令迪奇爬上去。”

爷爷看起来不太肯定的样子。“我要怎么做？”

珍妮丝微微一笑。“你只需要说：‘爬上去，迪奇！’”

她按下一个按钮，把台子放了下来。爷爷看向我，我朝他鼓励地点点头。他带着有点儿犹豫的语气说：“爬上去，迪奇。”

当迪奇轻盈地爬上台子时，我们都很惊喜。

“做得很好，达文波特先生。你是个天生的驯犬师。它一定很喜欢你。”

弗兰克爷爷露出了灿烂的笑容。“哦，过奖了。多聪明的狗啊。我难道没有说过它是一只很聪明的狗吗？”

听到他这么说我很高兴，要不然我还想指出，不到半小时前，他还称迪奇是一头什么都不懂的野兽呢。

我想，这说明了你对一件事物的看法能在短时间内发生变化。

在两个小时的美容过程中，不管是爷爷还是迪奇，都完全按照珍妮丝的指示行事。珍妮丝说他们都“表现得很好”，如果他们保持现状，甚至有很大的机会在狗狗秀中脱颖而出。我觉得这句话成功激起了弗兰克爷爷的求胜欲，因为他开始非常密切地关注珍妮丝说的每一句话。不过很遗憾，迪奇似乎有别的想法。

终于，经过一番梳洗和修剪，珍妮丝站在狗的身后，握着爷爷的手，动作夸张地说：“我们大功告成了。”

此刻，我并无意贬低珍妮丝的工作成果，因为我知道她是2011年肯特郡狗狗美容锦标赛的亚军，但除了一个大大的蓝色蝴蝶结，我很难看出迪奇在美容后的样子与美容前有什么不同。然而，弗兰克爷爷觉得迪奇看起来“艳丽极了”——这是他的原话。他用一种含情脉脉和自豪的眼神看着迪奇。虽然迪奇可能没有太大的变化，但我想爷爷一定有哪里变了。

我当时还不能体会到那意味着什么。现在，我知道了他一定是从照顾其他生灵的过程中获得了温暖的感觉。

我在镜子中发现，自己也在用同样的眼神看着爷爷。

第 20 章

你不会后悔坐狗车的

我很开心，因为我们能坐被保罗和珍妮丝装饰得像巨型拉布拉多犬的“狗狗之家”面包车前往狗狗秀的现场。车顶上有一个伸出粉红色大舌头的巨型狗头，车身则覆盖着皮毛。当你按喇叭时，它不只是单纯发出喇叭的声音，而是在吠。这是我喜欢的出行方式。说真的，狗车之旅值得在遗愿清单上占有一席之地。

这场狗狗秀是庄园别墅公园所举办的游园会的压轴节目——就是那个有池塘和从加拿大远道而来的鹅的地方。基于昨天我们在这里遭遇了灾难，照理来说这里应该会是引起我们担忧的地方。可并没有。我甚至还说：“看，你还能在草地上看到布伦达的轮椅印呢。”而爷爷则忙着练习保罗和珍妮丝教他的那些指令。迪奇完全按照他说的去做，所以弗兰克爷爷对赢得比赛充满了信心。

“成功与否，完全取决于我们的意愿。”保罗和珍妮丝去为参加狗狗秀注册时，他对我说，“我们达文波特家的人天生就是赢家，弗兰克。你听到了吗？”

“爸爸也这么觉得。关于我们是赢家这件事，他跟你说了一模一样的话。”

“是吗？他真的这么说？”爷爷斜眼瞟着我，在公园的长凳上坐了下来。迪奇在他脚边趴着，看起来既大又毛茸茸的，特别听话，丝毫看不出它在密谋着什么。

“是的，就在他赢到一只猴子之前。”

“你爸爸赢到了什么？”

我在他的旁边坐下来。“五百镑。”

“啊，我懂了。”

“赛马。”

“你爸爸应该远离那种东西。”

“妈妈也是这么说的。”

弗兰克爷爷摇了摇头，对迪奇说：“嘿，大家伙，你对此怎么看？”

见迪奇没有反应，我便回答：“也许你应该和爸爸谈谈关于他赌博这件事。”

“我们已经好多年没说话了。我已经不去想有多少年了。再说，我说什么他从来都不听，他现在也不会听的。我不想谈这个了。”

“你不是说成功与否完全取决于我们的意愿吗？这不是达文波特家的人该有的态度。他是你的儿子，你应该多关心他。”

我一定是戳到了弗兰克爷爷的某个痛处，因为他厉声呵斥道：“不要尝试介入你一无所知的事。”他站起来，好像要离开一样，说：“我和你爸爸之间的关系很复杂。你不会明白的，你只是个小孩。”然后他转向迪奇说：“来吧，孩子，咱们走。”说得好像迪奇站在他那边似的。迪奇肯定不会站在他那边。

我完全不敢相信他说我只是个小孩。我怎么会只是个小孩呢？“我不只是个小孩，”我说，“我是你的看护人，老头子！”

他似乎不喜欢我这个说法，因为他转头喊道：“我不清楚你怎么看待你自己在做的事，但我不觉得用热气球差点儿杀了我是一种看护。”

“你在说什么？‘用’热气球？”他说得我好像用了热气球来打他的后脑勺一样。

他又回过头来，继续吼道：“我越快完成你那可笑的清单，就能越快得到我在西班牙的别墅。最好是这样。”爷爷消失在人群中，那些人正在观看几个莫里斯舞者挥舞手帕、敲打木棍。他和迪奇从中间穿过去，就像他们是这里的主人一样。

这让我非常恼火，于是我把一块石头踢进了池塘里。下一秒我就开始愧疚，因为我的举动吓到了鹅。弗兰克爷爷说我不是个称职的看护人，他错了。我都费尽心思地做了一份遗愿清单，他怎么能这么说呢？我的看护任务做得很出色，是值得奖励的那种。

不过，有一点他说得没错，我确实不明白他和我爸爸之间存在什么样的问题。我有一种强烈的感觉，这可能与他们倔强的性格有关。就在那一瞬间，我心血来潮，从屁兜里掏出那张折叠好的纸，向一个过路人要了一支笔，在遗愿清单上写下了最后一条，并在下面画了两条线，以示我是认真的。

让我的爸爸和弗兰克爷爷重归于好。

第 21 章

记住，事情随时可能出错

为了发泄我对弗兰克爷爷的怨气，我去冰激凌车给自己买了一支超级蛋筒冰激凌，还多花了几镑加上五片巧克力、糖针和各种甜汁。很快，我不感到生气了。我感到的是生理性的恶心。也许一次性吃完你想吃的所有东西并不如想象的那么好。

我不想成为那个主动道歉的人，于是一个人在摊位间游走闲逛。我体验了彩券和抽奖游戏，还给自己买了一些棉花糖——这不是个明智的选择，因为吃完后我感觉更恶心了。当我思考一瓶蓝树莓味的汽水对我的胃会有舒缓作用还是会让它变得更糟时，广播器发出尖锐的巨响，公园里的每个人都一边喃喃自语，一边捂着他们的耳朵。

一位声音听起来很优雅的女士说：“狗狗秀比赛将于十

分钟后在公园中心的围栏处开始。请所有参赛选手现在移步过去，迟到者将被取消参赛资格。”

我看到珍妮丝和保罗已经在那里了，但没有弗兰克爷爷和迪奇。我扫视了一下公园，看他们到哪里去了。要认出他们并不难，因为迪奇有大猩猩那么大。原来，他们回到了我们之前坐的长凳那儿。

弗兰克爷爷看起来并没有起身去赛场的意思。我走过去，说："你在干什么？你们得赶紧到赛场去。"

他看着我，用很微弱的声音说："我想不起我现在在哪里了。"

我拉下脸，说："是跟迪奇的表演让你感到很有压力，还是怎么着？"因为我当时就是这么想的。也许我应该再心细一点儿。

他看着迪奇，目光里流露出好像刚刚才注意到他身旁有一只狮子般大小的狗。

我抓住他的胳膊，把他拉起来。"爷爷，别这样，你们快错过比赛了。"

他把胳膊从我手里抽了出来。"爷爷？"

"你要我用别的称呼叫你吗？"

他愣了一会儿，看了看我，又看了看迪奇，然后看向赛场。好像过了整整一个世纪后，他的眼神才变得不那么迷茫，说道："啊，对，狗狗秀。"

我说："你还好吗？"因为我怀疑他一点儿都不好。也许比赛的压力让他喘不过气来。也可能是别的原因，尽管我觉得我当时还没准备好接受这一点。

他把上衣塞进裤子里，用一种带有狡辩的语气说："我很好。别找碴儿。"

我们赶在最后几秒前来到了赛场。其他参赛选手都排好了队。有看起来非常高傲的查尔斯王猎犬、有点儿缺乏自信的可卡犬、像云朵般的迷你狗（珍妮丝告诉我它是比熊卷毛犬）、把毛发扎成顶髻的西施犬，还有戴着钻石项圈的贵宾犬——它趾高气扬地走来走去，好像觉得自己很特别似的。不知为何，这只贵宾犬让我联想到了妈妈。说实话，我觉得它们都不是迪奇的竞争对手。

然而，珍妮丝却让自己陷入了一种紧张的状态。她怒视着那只贵宾犬，说："我不敢相信他们竟然允许帕特里夏参赛。它不是初级水平的狗。就在上个月，它刚登上了《漂亮汪星人》杂志的封面！真是太过分了！"

保罗试图让珍妮丝冷静下来，他说："这个比赛只是玩着开心的，亲爱

的。”但珍妮丝一点儿也不开心。

而已经恢复镇定的弗兰克爷爷，看似对当前的整个局势泰然自若。他弯下身子，揉了揉迪奇的毛，说（结果证明他说错了）：“那个奖杯要和我们一起回家了。这里没有一条狗能比得过你，对吧，迪奇？”

但是迪奇没有看爷爷，它在看那只贵宾犬帕特里夏。

赛场周围聚集了一大群观众，就连我也开始有点儿紧张了。爷爷和迪奇是倒数第二个上场的，当我们看了前面参赛选手的表演后，我们开始觉得爷爷和迪奇可能真的有机会获胜。那只可卡犬柯林一开始表现得很好，但后来拒绝上平衡跷跷板，也不肯从主人的两腿之间走出来。说句公道话，芭芭拉——那只比熊卷毛犬，跑得还不错，但它在栅栏前试了好几次都没过去，可能是因为它的腿太短了。

那只西施犬只跑了一半，因为它在一个栅栏前停下来撒尿，这显然是需要被取消参赛资格的行为。

那只叫贵妇的查尔斯王猎犬完美地完成了整场比赛，但它没有以全速跑完全程。它趾高气扬地走完了全程，完全无视主人让它加速的请求。

广播员宣布："接下来是迪奇——一只纽芬兰犬，也是今天在场的最大的狗。有请迪奇和它的主人弗兰克·达文波特先生出场。"这时，我胃里的冰激凌和棉花糖一定是和我的神经搅在了一起，因为我打了一个嗝，一些食物涌了上来。味道尝起来还可以，所以我又把它们咽了回去。

我们在美容院见到的那个活泼爱笑的珍妮丝，在这场竞争激烈的狗狗秀的压力下消失无踪了。取而代之的是气呼呼的珍妮丝。保罗正用一双瞪得大大的眼睛紧张地看着她。她把双手放在弗兰克爷爷的肩膀上，大声说："你做得到的，达文波特先生。"好像如果他没做到，她就会不高兴似的。

爷爷看了看迪奇说："不对，是我们做得到。"然后一路小跑着进了赛场。

是的，一路小跑。事实证明，如果弗兰克爷爷有获得奖杯的机会，他是会小跑的。

虽然有点儿挤，但迪奇还是设法通过了长长的塑料隧道。它毫不费力地在栅栏之间穿行。它完全搞定了平衡跷跷板。那一刻，珍妮丝对柯林的主人投去一个得意扬扬的笑容。

接着，它一跃跳过低矮的栅栏，穿过一组柱子，又跳过几道栅栏，最终跨过了终点线。简直是一次完美的表现！

广播员说：“为这只大狗欢呼吧！太棒了，迪奇，还有它的主人——弗兰克·达文波特先生！在贵宾犬帕特里夏上场之前他们位列第一！”所有观众都随着她的介绍大声欢

呼起来，但我认为即使没有广播员的提示，他们也会大声欢呼的。

迪奇气喘吁吁的，但弗兰克爷爷看上去开心极了。他向人群鞠躬，脸上挂着灿烂的笑容，挺起了胸膛。迪奇一定是知道事情进展得很顺利，所以跳起来舔了爷爷一口，爷爷用力地用他的外套擦掉口水印。这一幕看起来很可爱。

不幸的是，迪奇的光辉时刻在某种程度上被接下来发生的事情蒙上了阴影。说实话，那只贵宾犬帕特里夏应该承担一部分的责任。

第 22 章

有时候，松开手是很难的

你知道，有时候事情会发生灾难性的意外，而当你目睹灾难性的意外发生时，一切都像是在慢动作中进行的，不是吗？你可以看到所有东西在你面前瓦解，而你却无能为力。好吧，狗狗秀上没有发生这种情况。一切发生得如此之快，以至于事后我花了很长时间才弄清楚到底发生了什么。

当我们正焦急地等着看爷爷能否保住第一名时，帕特里夏在去赛场的路上经过迪奇的身边。它停了下来。它在迪奇脸上摇了摇自己的屁股，然后闻了闻迪奇的屁股！

嗯，我觉得迪奇一点儿也不喜欢它这样做。当帕特里夏开始绕着赛场跑时，迪奇试图挣脱狗绳，貌似想要上前追它。迪奇可能是想跟它谈谈未经允许的闻屁股事件。

问题在于，当像迪奇这样的大狗试图挣脱绳子时，绳子另一端的人会明显地感觉到。而当那个人是像弗兰克爷爷这样的老人时，结果只有一个——他会被拉走。这正是实际上发生的事。

弗兰克爷爷没有做他本该做的事，他没有松开狗绳。相反地，他紧紧地抓住绳子不放。而珍妮丝、保罗和我也没有做我们本该做的事，我们没有上前帮忙，我们只是呆呆地站在原地，眼睁睁地看着一切发生。

显然，迪奇成了一只肩负使命的狗。它要和帕特里夏一决胜负，没人能阻止得了它。迪奇猛冲进赛场，根本不理会那个自带优雅气质的女广播员如何命令它“坐下，坏狗狗！坐！”。

它穿过塑料隧道，弗兰克爷爷也跟着被拖了进去。接着，他们像坐着大雪橇的运动二人组从另一头冲了出来。

此时，帕特里夏注意到了迪奇。它知道迪奇在追自己。于是，在它主人的惊愕之中，帕特里夏选择中途放弃比赛，离开了赛场。但迪奇是不会轻易放过它的。迪奇继续追着帕特里夏，因为弗兰克爷爷没松手，所以弗兰克爷爷也继续跟着追帕特里夏。

帕特里夏跑来跑去，迪奇和弗兰克爷爷在后面紧追不舍，所经之处人群都快速地散开来。它从那群莫里斯舞者之间穿行而过，此时他们刚结束挥舞手帕的表演，正在休息。迪奇和弗兰克爷爷显然没有那么灵巧，他们径直冲了过去，将所有人从塑料椅子上撞了下来，东倒西歪地摊在草地上。

就在这时，我意识到也许应该尝试采取一点儿行动，所以我也追了上去。帕特里夏一头钻进幸运抽奖摊的桌子底下，迪奇和爷爷紧随其后，径直撞上了桌子，弄得满身都是碎纸和廉价塑料玩具。但这还不足以减缓他们的速度。

帕特里夏朝公园的尽头跑去，草地的尽头就是池塘了。迪奇在草地上一路狂奔，尽管有一位八旬老人紧紧拽着它，但这似乎没有阻碍它的行动，它继续追赶着那只贵宾犬。

当时，我并不知道帕特里夏是怎么想的，因为它基本上把自己完全逼到了迪奇和池水之间的位置。

但现在，我觉得帕特里夏很清楚当时自己在做什么。它突然停在水边，一动也不动，扭头看着迪奇。迪奇使劲刹车，及时停了下来。然而，弗兰克爷爷却没有。他继续往前冲，不知怎的从迪奇的头上翻了个跟头，脸朝下掉进了池塘里。那里离热气球事件中布伦达落水的位置非常近。

爷爷把池塘溅得水花四起，他挣扎了一会儿，一面吐出水，一面生气地念叨着几句话。接着，他站起来，把湿漉漉的猎鹿帽牢牢

地戴回头上，蹚着水走到池塘边。我向他伸出手，想把他拉上来，但他似乎没有这个心情。他怒气冲冲地爬上岸，对着我大呼小叫起来，比如“我想自己一个人待着，但你不让，你叫我去干点儿什么事”，还有“你说这会很有趣”，还有“你说要有目标，不要留下遗憾”。

摸着良心说，在那一刻，爷爷确实没有“活出最棒的人生”。

迪奇和帕特里夏看上去一副事不关己的样子。原来，迪奇并不是因为帕特里夏闻它的屁股而追帕特里夏，它只是也想闻一下帕特里夏的屁股。

乘车回秋叶之家的路上特别安静。即使车子喇叭声听起很像狗吠，也无法让珍妮丝和弗兰克爷爷露出一丝笑容。迪奇坐在后座，看起来并没有意识到自己导致了今天的戏剧性场面。显然，它在想别的事情，因为它一直呜呜咽咽地叫着，脸上还带着傻笑。

尽管我有点儿不敢开口问，但最后我还是鼓起勇气对爷爷说：“你为什么不直接松开绳子呢？”

他说：“我不知道。我想我是担心把迪奇给弄丢了。”

我觉得，我们都把不该抓住的东西抓得太紧了。这个东西可能是一条大狗，也可能是一段纠葛。

我们抵达秋叶之家时，史蒂芬一面走来，一面说：“哇，好一辆拉布拉多面包车！”与此同时，弗兰克爷爷从副驾驶座上下了车。

史蒂芬用手捂住了嘴巴，然后说："达文波特先生，你怎么湿透了？"

弗兰克爷爷没有回答，只是怒瞪着他，所以只好由我来解释："他掉进了庄园别墅公园的池塘里，因为迪奇想闻一下帕特里夏的屁股。"

史蒂芬的眼珠都快瞪出来了。"谁闻谁的屁股？"

我正准备进一步解释，但他接着举起手说："其实，我不想知道。"他摇了摇头，"达文波特先生，你看看你现在的样子！短短两天，我的两个住户掉进了池塘里。你们到底在干什么？"

弗兰克爷爷大步从史蒂芬身旁走过，水滴从猎鹿帽的耳罩上滴了下来，他说："活出我最棒的人生。真是太棒了！"

我在他身后大喊："我们星期五见！这样我就有时间安排好第三项活动。那会是一个很棒的活动，我保证！"

他什么也没说，只是把双手举在空中，但我知道他是不会放弃遗愿清单的。毕竟，他是达文波特家的人。

无论任何，他都会一直坚持到最后。坚持到我给他和爸爸准备的那个惊喜——带他们去看剑士队的比赛，然后他们会发现什么才是最重要的，并重归于好；坚持到爷爷可以阻止爸爸又惹麻烦，然后妈妈再也不用那么焦虑不安了。

坚持到我们成为一个真正的家庭。

一个幸福的家庭。

第 23 章

在网上付款时要当心

我没有告诉妈妈那天爷爷和我发生了什么。她之前不相信我说的关于热气球的经历，我不信她这次会把狗狗秀事件认真当回事。于是，我干脆让她以为我去秋叶之家玩牌和看电视了。这看起来是最省心的做法。

在爸爸出事之前，我正在房间里为星期五安排与海豚一起游泳的体验项目。如果当时爸爸没有造成那些戏剧性的场面，我可能会更注意我在预订的项目。然而，当我听到从房外传来的一阵骚动时，我直接点击了“立即付款”，然后就跑下楼看发生了什么事。

我打开前门，看到一辆车疾驰而去，爸爸躺在草坪上。他的情况明显看起来很糟，因为他的眼圈黑黑的，鼻子还在流血。

“扶我起来，弗兰克，”他说，“我不行了。”

这不是我第一次看到爸爸陷入窘境，但这还是令我很震惊。我站在那里张口看着他，一动也不动。

妈妈突然出现在我身后，然后立刻对他大叫起来：“你又干了什么？怎么让自己变成这个样子？”她好像觉得这样对当下的状况会有帮助似的。

接着她又说：“起来，别让血滴到我的草坪上。邻居们会怎么想？”

我扶爸爸起身，把他搀进了屋里。我原本想把他带到客厅去，但妈妈制止了我，她说：“如果他敢把血滴到我的地毯上，我就给他一个……”

她没有透露她会给他一个什么，可能是因为她看到了我脸上的表情，她改口说：“别担心，弗兰克，一切都很好。”尽管事实很明显并非如此。

我扶爸爸坐在厨房的桌子旁，妈妈拿出了急救箱。她先用消毒巾擦拭爸爸脸上的血迹，爸爸疼得龇牙咧嘴的。所有伤口处理干净后，她拿出一包冷冻豌豆，按压在他的眼睛上。

然后她就开始哭了。这让我吓了一大跳，因为她原来一直都把自己伪装得很好，表现得很生气以及一点儿也不难过。

她用手轻抚着爸爸的脸颊说：“唉，弗兰克，我该拿你怎么办呢？”

他说："对不起，亲爱的。真的，对不起。请原谅我。我只是不知道该怎么办了。事情变得如此糟糕，我可以看到所有东西在我面前越变越糟，但我却无法阻止这一切。"

这也是当迪奇拽着爷爷跑时我的感受。也可能是爷爷不松开绳子时的感受。

由于我真的不知道我能帮上什么忙，而且他们好像都忘了我也在那里，所以我上楼回到了房间，穿上睡衣静静地躺在床上。

楼下的谈话声断断续续地传来。

妈妈说："弗兰克，是谁这么对你的？"

然后爸爸说："我不知道，真的。"

但其实他知道，他只是不想说。

我不觉得我能入睡，因为我实在是太担心爸爸了。但我在某个时间点不小心睡着了，当我再次看时钟时，上面写着6：00，在我看来这个时间仍然是半夜。

我试着再入睡，但我没能说服我的身体，它需要撒个尿。从厕所回来时，我发现爸爸正从客厅出来，朝前门走去。

我在走道上低声问道："爸爸，你现在好点儿了吗？"

他对我笑了笑。"我超好的，儿子。你呢？"

我耸了耸肩。"有点儿担心你，我想。"

"别为你的老爸操心了，弗兰克。你了解我的，船到桥头自然直。”

“我希望你能去看看弗兰克爷爷。”我不知道我当时为什么要这么说，但就在那一刻，这些话从我的嘴里自然地冒了出来。也许是因为爸爸看起来像是一个需要父亲的人。

爸爸用手捋了捋头发。“我不知该怎么讲，弗兰克。之前发生了太多我无法原谅的事情。你还小，你不会明白的。”

这句话让我很恼火。好像年纪小就意味着你不能理解一件事。从我的角度来看，有理解力问题的明明是这些大人。我尝试用另一种方式向他解释：“你总是要求妈妈原谅你。那你为什么不能原谅爷爷呢？”

他说：“那不一样。”其实并非如此，“他在我还是个孩子的时候就离开了我。那个人并不在乎我。”

“但我认为他是在乎你的。他只是不知道怎么表现出来。也许如果你——”

“人是不会变的，弗兰克。”

我不敢相信这几个字是从他嘴里说出来的。由于内心产生的挫败感，我的声音变得尖尖的。“你总是对妈妈说你会改变。人是可以变的，只要你肯帮助他们。就像弗兰克爷爷曾经觉得自己不是个真正喜欢狗的人，但他现在觉得自己是了。”

爸爸叹了口气。“这有什么关系呢？”

我不明白他怎么还不理解我的意思。“我只是觉得你应该原谅他，就这样。我已经原谅你了。”

“你已经原谅我了？你这话是什么意思？”

“我已经原谅了你从来没有带我去看一场足球比赛，尽管你一直说你会的。我已经原谅了你总是搞砸一切。原谅了你总是在搞什么把戏。原谅了你每次计划泡汤后，我们全家就得跟着继续流浪。原谅了你搞得我没有朋友。原谅了你比起关心我，更关心的是赚钱。”

爸爸闭上了眼睛。嗯，闭上他的右眼，因为另一只眼已经因为瘀青肿了起来。

当他再次睁开眼时，他说：“无论我做了什么，我所做的一切，都是因为我想给你和你妈妈最好的。我想让你知道这一点。”

我回答：“我知道，爸爸。”尽管我并不完全相信他的话，“我已经原谅你了，因为我觉得家人之间就该这样。人都会犯错，这就是事实。而且我觉得我们会搬到爷爷附近，是因为你内心的某个地方想要原谅他。”

“我不那样认为，弗兰克。”

“你不认为你可以原谅他吗，爸爸？求你了。他老了，可能很快就会走了，他死了你就没有机会原谅他了。而我认为原谅死人可能不如原谅活人有效果。”

爸爸低头看着地板，摇了摇头。“我很抱歉，儿子，现在还不是时候。”

他打开门锁，走了出去。

我独自站在那里，直勾勾地看着前方，琢磨这一切为什么会变得那么困难，以及他为什么要花大量的时间在错的地方，来追寻所谓更好的生活。

第 24 章

每个人都喜欢机械公牛

星期五那天，当我乘出租车来到秋叶之家时，布伦达坐在她全新的顶配款轮椅上在外面迎接我。这辆轮椅令她“心花怒放”——这是她的原话，不是我说的。她摆弄了一下轮椅，说：“去池塘里泡一泡蛮值得的，弗兰克！”然后就飞快地离开了。轮辐上的彩灯一闪一闪地亮着，扬声器里传出嘻哈音乐，这一定是布伦达自行加在轮椅后方的。

我进门后，史蒂芬从接待处的桌子后面冒出来，脸上挂着大大的笑容。“你一定要看看这个！”

他抓住我的胳膊肘，几乎是用硬拽的方式把我带到了康乐室。他猛地打开门，我倒吸了一口气，然后说：“这才是我说的康乐室！”

在房间的一端，两个娇小的老太太正在打网球。不是真的网球，是虚拟的网球。她们戴着巨大的虚拟现实眼镜，强而有力地挥舞着手臂。

史蒂芬指着其中一个老太太说：“看到玛丽了吗？”

“那个长得有点儿像杏干，戴着金色假发的人？”

“我的天，她的确是这样。我们以前都以为她得了严重的关节炎。”

杏干玛丽突然喊道：“平局！我下次一定会赢你，多萝茜！”

史蒂芬在一边偷笑起来。“看起来并不会。”然后他指着一个正在玩高尔夫球模拟器的老爷爷。说实话，那是我在有点儿冲动的情况下购买的。“原来阿诺德以前是零差点[①]选手。你能想到吗？秋叶之家居然有一个半职业高尔夫球员。”史蒂芬朝他喊道：“怎么样，阿诺德？”

阿诺德向我们挥动他的球杆。“我已经很多年没拿过球杆了，但你知道吗，我这个老男孩依然拿得动！”

史蒂芬用一种满是慈祥和笑意的眼神看着我，我一时不知该往哪里看。“你为这里做的一切太不可思议了。今天早上我在跳舞毯上花了一个小时和埃丝特斗舞。她已经八十八

① 差点是高尔夫球员打球的水平与标准杆之间的差距，差点越低，表示球技越高。——译者注

岁了，弗兰克，八十八岁！我甚至还没有向你展示在外面等着玩机械公牛和气垫冲刺跑道的人。你让这些老人重获了新生，你真的做到了。”

我对此感到很光荣，但那一刻我更想去找弗兰克爷爷，告诉他海豚的事。“你看到我爷爷了吗？”

史蒂芬看了看他的手表。“他早上去散步，应该很快就要回来了。过去几天他都带那条大狗出门。昨天他记不起回来的路，把我们吓了一跳，但他决定今天还要去。那位好心的珍妮丝女士说她会确保他平安回来的。”

“他一直在照看迪奇？真的吗？”我还以为，在他被一路拽着掉进池塘后，他可能不想再见到迪奇了。我以为爷爷是那种会记仇的人。也许我错了。

史蒂芬说：“自从星期二那天你走后，每天早上和傍晚他都会和迪奇一起出去！”

我在门口等爷爷回来。当我隐约地看到他那顶猎鹿帽出现在树篱另一边时，我跑过去迎接了他。

“我很开心你和迪奇还是朋友。”在我们向珍妮丝和迪奇挥手说再见时，我对他说。

“那不是它的错。而且，我能理解有些人会去追求自己想要的东西，不管要付出多少代价。”他说这句话时带着几分惆怅。虽然我不太确定，但我有一种感觉，爷爷指的是比迪奇试图闻帕特里夏的屁股这件事更深奥的东西。

当我们回到他的卧室时，我告诉了爷爷我预定了与海豚一起游泳的体验活动这个好消息。

我没有得到我所期待的热烈回应。相反，他说："我希望遗愿清单上的下一个活动与水无关。"

"你不懂得松开手不是我的错。你当时应该做的唯一一件事就是在从赛场到池塘之前的任意一处丢下绳子。"

"我不想提这个。"

"很好，我也不想。我们还是谈谈和海豚一起游泳的事吧。"

"我真不明白和大鱼一起游泳有什么吸引人的。"他说。

"它们是哺乳动物，不是鱼。还有，别跟我说你不想和海豚一起游泳。照理来说，每个人都会想和海豚一起游泳！"

"实际上，才不是。"

我本来要和他再争论一下他错得离谱的观点，但这时外面响起了鸣笛声——我们的出租车已经在等了。

我说："执行遗愿清单计划的时间到了，弗兰克爷爷。带上你的毛巾，我们要去和海豚一起游泳了。"

其实不是。嗯，反正不是我想象中的那种海豚。

第 25 章

海豚的种类不止一个

出租车在我提供的地址外停了下来，我对司机说的第一句话是：“你确定你来对了吗？”

他说：“卫星导航不会骗人，孩子。”

“但这是一个休闲中心。在休闲中心是看不到海豚的。”

但那个司机似乎不关心这个问题，他说：“孩子，我拿钱是负责把你从A地送到B地。当抵达B地时，我不在乎那里是否有海豚或其他水生动物。”

弗兰克爷爷和我下了车，走到刘易舍姆休闲中心的台阶上。在我的脑海里，我还在想着也许他们专门把一些海豚转送到游泳池里和我们一起游泳。

我走向接待处，那里有一个穿着绿松石色短袖上衣，衣服上别着一枚写着“你比想象的更强大”的徽章的男人。

“我是贾马尔，”他说，“有什么可以帮你吗？”

“你好，贾马尔，我们俩都叫弗兰克，”我说，“我们预约了和海豚一起游泳。”

他露出了一丝微笑。“第一次？”

我们俩点了点头。

贾马尔说：“那些海豚非同一般。”我还以为他说的是那种你在海洋里才找得到的友好的海豚。他递给我们一把13号储物柜的钥匙（这应该是我们运气不佳的预示），并说：“你们的泳衣在里面。换好衣服，教练会在泳池边等你们。”

我记得我当时在想，教练这个词听起来很有分量。

贾马尔让我们通过了十字旋转门，我们朝更衣室走去，依然还有点儿相信我们将会和海豚一起游泳，就在刘易舍姆的一个休闲中心里。我不能说那一刻我的大脑在以最明智的方式运转。

弗兰克爷爷打开13号储物柜，下一秒说道：“小伙子，如果你以为你会看到我穿上这套衣服，那你就大错特错了。”

储物柜里挂着两件过膝的连体泳衣，一件小，一件大。每件泳衣的前面都印有一幅菠萝的图案，前后都布满了亮片。

我说：“我不明白。”因为我真的不明白。

弗兰克爷爷从他仅存的几颗牙齿间缓缓地吁了口气。“看在各路神仙的分儿上，我们为什么要穿着布满亮片的衣服和海豚一起游泳呢？”

这是一个令人费解的问题。“也许那些海豚喜欢亮片……和菠萝？”

爷爷盯着我看，好像我变成了一种热带水果似的。

“听着，我为这个花了很多钱。”我不确定我是否真的花了很多钱，因为我预定的时候根本来不及注意，爸爸当时出事了。但我这么说是想鼓舞人心，“我认为我们应该继续进行今天的活动。别人怎么说的来着？你会后悔的是你没有去做的事，而不是你做过的事。”

“那我送你两个词：狗和池塘。”

“别提这个了！你现在还是喜欢迪奇的。而且如果你愿意进行下去，你离西班牙的别墅又近了一步。”

他抓起两件游泳衣中比较大的那件。“好吧，我不在乎穿上一件亮闪闪的泳衣。”

不过他穿上去露出来的毛太多了。毛太太太多了。不过只要他肯穿上，我不觉得有告诉他的必要。于是我转而说：“很可爱，衬托出你眼睛的颜色。”

他说：“我不想再听你说任何一个字了，宝贝。”

我们经过那冰冷得可怕的足浴池，来到“海豚”迎接我们的泳池边。

“海豚”是一支老年花样游泳队。七位女士穿着橙色的泳衣，头戴绿色的泳帽，看起来就像真人版菠萝。

不是我们一直期待的那种水生哺乳动物。

爷爷看着我说：“弗兰克，你真是个彻头彻尾的笨蛋。”

我对此没有什么可解释的。只有笨蛋才会不小心付钱给老年花样游泳俱乐部作入会费，而不是付费给和海豚一起游泳的体验活动。

那个教练使劲地吹响挂在脖子上的银色哨子，然后介绍

自己是弗洛伦斯·凯女士。她顶着一头像淡紫色棉花糖的头发，皮肤皱得像白葡萄干，脸上还化了糟糕的浓妆。事实上，海豚队的所有女士都化了糟糕的浓妆。

弗洛伦斯转向弗兰克爷爷说："达文波特先生，很高兴你能来参加我们上午的活动。我们会带你进行一些常规训练，如果我们喜欢你，你也喜欢我们，那我们可以谈一谈你在队里的位置。我们需要第八名成员来充数。"她完全没有考虑放低声量，"凯瑟琳没有搭档，如果我们不能尽快为她找到搭档，坦白说，她就得离开了。"

一个我猜是凯瑟琳的女人发出了一声啜泣。弗洛伦斯吹了吹哨子，说："冷静下来，凯瑟琳。花样游泳不是让人哭哭啼啼的运动。如果你要哭，就回到草地掷球的训练场去。"

谁会想到老年花样游泳也这么严苛？

弗洛伦斯清了一下嗓子。"所以，正如我所说的，达文波特先生，有一个位置是留给你的，如果你能证明自己的能力的话。"

凯瑟琳有点儿紧张地向弗兰克爷爷挥了挥手。弗兰克爷爷低声对我说："她刚才说在队里的位置？弗兰克，你又给我添了什么麻烦？"

我明显地感觉到，他对加入一个全女子花样游泳队并不感兴趣。我想我不能怪他，弗洛伦斯确实有点儿吓人。

接着，弗洛伦斯从她浓密的黑睫毛下盯着我看。"你是来提供精神上的支持的，我理解得对吗？虽然我们很想让你加入，但我们有最低年龄限制。”

我说：“对的，精神上的支持，这点我完全同意。”因为我真的完全同意。

弗洛伦斯用她的哨子吹了一个长长的轰鸣，把大家都吓了一跳，然后她把目光转向弗兰克爷爷，说：“来吧，达文波特先生，让我们看看你的本事。”

尽管弗兰克爷爷没有流线型的身材，他掉进池塘里时也没有表现出任何流线型的姿势，但他却是一个出乎人意料的游泳健将。

他扑通一声跳进水里，甚至没溅起一丝水花。然后他仰面浮在水中，听从弗洛伦斯在一旁的大声指示。当他把腿伸到空中时，他的脚趾尖尖翘翘的，特别优雅。他还成功转了几圈，并让双臂保持完美的固定姿势，就像一个湿漉漉但有很多毛的芭蕾舞演员。

我觉得我最喜欢的部分是他成功连续做了三个向前翻滚的动作。当他浮出水面时，我们所有人都为他欢呼。他似乎很享受这种喝彩，尽管他因为有点儿不知所措，眼珠子在四处打转。

他在水中出色的表现，让他的七位未来队友和弗洛伦斯感到惊喜又高兴。她们说，弗兰克爷爷是一个“对这项运动拥有无懈可击的节奏把握能力和真正天赋的天才”。这句话真正是什么意思并不重要。

现在回想起来，弗洛伦斯当时甚至用了几乎是威胁的口吻说：“为了得到像你一样有才华的第八位队员，我在所不惜。这支游泳队是我的全部。我们马上要参加全国锦标赛了，你可能就是我们夺金的入场券。”

上午的活动结束后，我被允许下水试一试。弗洛伦斯告诉我如何踩水，比起好玩儿，这更像是一件很费劲的事。我觉得我应该不是个好学生，因为她很快就放弃了，转头继续教凯瑟琳怎么正确地伸展脚趾头。

弗兰克爷爷划着水向我走来，然后将两只手捧在一起。

“站上来，弗兰克。”

我照着他说的做了，他把我从水里丢向空中。我被抛得超级高，几乎感觉自己在飞翔。这感觉太美妙了，直到我肚子朝下拍向水面。爷爷哈哈大笑起来，其他人则带着扭曲的面部表情喊道：“哇——！”

当我们从泳池里爬上来的时候，弗洛伦斯问弗兰克爷爷要不要正式加入她们的队伍。

他说：“这玩意儿不太适合我。”不过后来，当他们在进行阿里亚娜·格兰德舞蹈的最后一次练习时，弗洛伦斯称赞他简直是个明星，那时我看到了他脸上挂着的笑容有多大。

我们把耳朵里的积水清理干净，并换回自己的衣服后，爷爷告诉我，他小时候游泳游得很快。

“你确定不加入那个队伍试一试吗？”我问。

他摇着头说：“在我这个年纪还在水里跳舞，我不认为这说得过去！”但我注意到他已经把报名表折起来塞在了口袋里。

在休闲中心门外的台阶上，我们碰见了弗洛伦斯，她正要去取车。我有点儿惊讶，那是一辆黑色的SUV[①]。我以为她是那种开着慢腾腾的灰色小轿车的人，可能是因为她的年龄

① SUV是Sport Utility Vehicle的首字母缩写，意为运动型多用途汽车。——译者注

让我有这种错觉。

“这辆车的车轮真不错。”弗兰克爷爷说。

“我知道。”弗洛伦斯一边说一边坐上驾驶座，“我想要这辆车很久了。而我总是会得到我想要的东西，不管要付出多少代价。”

她说这句话的语气在我听来有点儿可怕，但弗兰克爷爷似乎并不觉得。他只是说：“是这样吗？”

她接着说：“你会加入我的游泳队的，达文波特先生。我会想办法让你加入的。”

又来了，这在我听来有点儿像徒然的威胁。我还以为她接下来会恶狠狠地笑一声，结果她没有。弗兰克爷爷只是咯咯地笑了一下，并对她眨了眨眼。

在我们回到秋叶之家的时候，那里真的很安静，因为所有的老人都已经睡着了。他们打了虚拟高尔夫球、骑了机械公牛，都累坏了。史蒂芬问我们上午过得怎么样。

我说：“挺好的其实，我们整个上午都在和那些海豚一起游泳。”

弗兰克爷爷慢悠悠地走进休闲室，说道：“那些是我见过的最好看的海豚，尤其是弗洛伦斯。”

我在他身后叫道：“几天后再见，接下来是遗愿清单上的第四个活动。”

他回应道：“迫不及待。”

你知道吗？听起来他是认真的。

史蒂芬说："他好像变了。我发誓今天早上我听到他在洗澡的时候唱歌了。"然后他扭过头来说："是真的海豚吗？"

"不是，是那种亮闪闪的老太太。"

我当时一定是在笑或者做了什么事，因为他对我说："你看起来很享受和你爷爷在一起度过的时光。"

我说："你知道吗，我确实这样觉得。这会是我有史以来最棒的暑假！"

而且，我忽然意识到，自己在很长的时间里都没有去想照顾爷爷能得到的奖励了。

第 26 章

在你信任那些笑容不自然的人之前，请三思

虽然上次活动的结局变得还不错，但当我着手安排遗愿清单上的下一项活动时，我还是大声地对自己说：“不要再搞砸了，要缜密一点儿，弗兰克。”我记得弗兰克爷爷说过他倾向不涉及水的活动。就在我浏览各种可选项目时，妈妈叫我的声音从楼下传来。

我走进客厅，看到她和爸爸正坐在沙发的两端。在他们对面的扶手椅上坐着一个男人，他穿着一套极其闪亮的西装，脸上挂着一种非常耀眼但跟他的脸不太匹配的笑容。

妈妈拍了拍她和爸爸之间的坐垫，说：“弗兰克，过来坐这儿。我们想让你听听马洛尼先生要说的话。”

当我坐下时，他们三个人都对着我微笑，但我没有回笑。我可不傻，我在电影里看过很多埋伏的场景，我知道这是要抢劫。

马洛尼先生摆出塔尖型的手势。“我听说，你是个非常幸运的孩子。”

我思考了一会儿我的处境，除了那笔要用来照顾弗兰克爷爷的钱以外，我发现我很难想到其他让我感到幸运的事情。我有两个总是在吵架的父母、一个明显在办一些可疑事情的爸爸，以及没有能一起出去玩的真正的朋友。是的，我真的好幸运。

马洛尼先生接着说：“问题是，弗兰克，你得到了本不属于你的东西。”

他们全都盯着我看，但我什么话也不想说。

“而当这些东西不属于你时，你必须把它们还回去。”

他说话的语气，让人感觉我好像真的做错了什么，而我不会轻易放弃的。“如果你指的是那笔钱，那我没法还回去，因为那来自诺拉奶奶，那个他——”我指着爸爸说，“从来没告诉过我的奶奶。她已经死了，你不能把钱还给一个死人。”我的话让他哑口无言。

妈妈把手放在我的膝盖上，但我把腿挪开了。我不想让她碰我。“别难过，弗兰克，”她说，“我们早就告诉过你会有今天。”

“不是的，妈妈，我不会把那笔钱给你们的。我在用它照顾弗兰克爷爷，让他开心。我一直在带他出去玩，我们在一起度过了很欢乐的时光。他才不像爸爸说的那样。我的意思是，他可能脾气确实有点儿暴躁，但他也很好，你知道吗？不，他不只是很好。”

“我想我已经告诉过你不要再见他了。”爸爸说。

“我知道，但我不想到此结束。我也很庆幸我没有照你说的做。”

“好吧，”妈妈坐直了，“你和你爷爷在一起玩得很开心，这很好，但现在是时候由我们来管那笔钱和他了。”

“听我说，重点是，”马洛尼先生接过话，“虽然这笔钱留给了你，但你把它交给你的父母是完全符合法律的。”

“我为什么要那样做呢？这笔钱不是给他们的，是为了给弗兰克爷爷活出他最棒的人生，而我是诺拉奶奶指定去执行这件事的人。”

爸爸猛地站了起来，开始在屋里来回踱步。“那个人不配拥有最棒的人生。我不希望你们一起出去玩、互相了解对方。这整件事现在变得更荒唐了，弗兰克。你得把钱交给我，因为我是你的爸爸，你得照我说的做。你听到了吗？”

“我不！你只会把钱花在那些愚蠢的计划上，然后把我们搞到破产，或者你被警察找麻烦，或者被打一顿，或者出现更糟的情况。”

妈妈抓住我的手。“你爸不会那样的，他答应过。”

我一个字也不相信，于是我非常讽刺地说道：“好吧，如果他答应过你了，那么那一定是真的。”

妈妈无视了我的话。“我们正打算用这笔钱在某个地方买一栋新房子。我们会重新开始，远离所有的麻烦。你觉得怎么样？”

那个时候我并不知道她说的是什么麻烦，坦白地说，我当时太生气了，根本听不进她说的话。我把手从她手里抽出来，确切地告诉她我的想法：“我不想搬家！我们搬到这里还不到一年。而且麻烦总是会有的。我们来这里就是为了躲避麻烦，但现在麻烦又来了。如果你又让我们搬走，我不在这里后，谁来照顾弗兰克爷爷呢？”

爸爸停下脚步，向空中挥舞着拳头，发出一声长长的听起来很受挫的吼叫。“你能不能别再提那个人了！我才是你的爸爸，你要记住我的话，按我说的去做。”

我从来没见过他这么生气。那个时候我并不知道这是因为他害怕了。

“我和银行预约了星期一，”他接着说，“到时你就签字把钱转给我们。”他转过身，大步走出客厅，就像这已经是板上钉钉的事。

“我很抱歉你爸爸这么恼怒，弗兰克，但在这件事上我们是对的。是时候做出正确的事了。”妈妈说。

我跑上楼回到自己的房间，强忍着泪水，因为达文波特家的男人是不可以哭的。我坐在我的床上，深呼一口气，这样才不会被情绪所控制。在那一刻，我讨厌我的爸爸妈妈。

我讨厌他们俩。他们只考虑到自己，完全不考虑别人——不考虑弗兰克爷爷，不考虑我，只考虑他们自己。

可我不像他们。我有责任照顾好弗兰克爷爷，向他展示他最棒的人生。我甚至不再关心那个“奖励”了。我这么做是因为这才是正确的事。因为我想这么做。他是我唯一的朋友。遗愿清单刚开始可能是一个有点儿愚蠢的想法，但现在，我不能解释清楚原因，但它有特殊的意义。我是不会放弃它的，也不会放弃弗兰克爷爷。

直到我听到妈妈把那个讨人厌的马洛尼先生送走时，我才想出了一个好主意。

她说：“再见，马洛尼先生。我们星期一见，去取剩下的钱。”

剩下的钱。

如果卡里没有剩下的钱，我就没法给他们转账了。

我整个人跳起来，开始在电脑上一通操作。我要把钱都花光。我也很清楚地知道我要买什么。

预约好遗愿清单上的最后一项活动后，我就在网络上搜索温特森律师事务所的电话号码，然后给福斯特先生打了通电话，告诉他我想做的事。

他说：“你确定吗？”

“我从来没有这么确定过。”

弗兰克爷爷和我要把遗愿完成，我不可能让我的爸爸妈妈阻止这一切的发生。

第 27 章

如果你想哭，那就哭吧

第二天一大早，我在爸爸妈妈睡醒之前就出门，来到了秋叶之家。弗兰克爷爷正准备出门带迪奇去散步，因为他以为我明天才会来这里，所以见到我很惊讶。

他看着我的行李箱说：“你要搬过来住吗？”

“是的。”然后，尽管达文波特家的男人是不可以哭的，但我还是哭了，“对不起，请不要觉得我很懦弱。我会振作起来的。”

但弗兰克爷爷说：“你别这么想。发泄出来吧，孩子。”他抓住我，给了我一个拥抱，然后我照他说的做了，我把情绪都发泄出来了。

在我号啕大哭的整个过程中，他什么也没说，只是轻轻拍着我的背，让我哭，直到我不再需要哭为止。

我感觉好点儿后，松开了手，用一种颤抖又委屈的声音说：“我都不记得上次有人抱我是什么时候了。”

弗兰克爷爷说：“我也不记得了，孩子。我也记不得。”然后他低头看了看自己的衬衫，“天哪，弗兰克！你鼻子里到底有多少鼻涕？”

我破涕为笑，一个鼻涕泡从我的鼻孔里冒出来，告诉他答案是“很多”。因为在他面前大哭而感到有点儿尴尬，于是我说：“我知道我不可以哭的，但我忍不住。”

“你为什么不可以哭呢？诺拉死后我每天都在哭，直到你带着那疯狂的遗愿清单计划出现，我才停下来。”

“你哭了？”我从来不觉得弗兰克爷爷是那种会哭的人。

“当难过的事情很多，你哭了，你会感觉好一点儿。这很简单。”

“爸爸从来不哭。”

“嗯，那是你爸爸，也许如果他哭了，他也会感觉好一点儿。我已经让他哭够了。现在看来，我们达文波特家的男人似乎都能做到这一点——弄哭他们的儿子。”

我用衣袖擦了擦鼻子。“你应该和他谈谈。”

“我知道。”

“你会吗？”

“我会试一试。”

“我很担心他，弗兰克爷爷。”

“从那孩子出生的那一刻起，我从来没有不担心过他。现在把你的东西拿进屋里吧。我们去接迪奇的路上，你可以告诉我到底发生了什么事。还有，如果你想暂停一下你的遗愿清单计划，你一定要说出来。”

“暂停？不可能。我已经把第四、第五和第六项活动都计划好了，就安排在接下来的两天内。”

我们走进大厅，接着弗兰克爷爷用一种听起来好像已经是板上钉钉的语气，对史蒂芬说道：“我们有了一位新住户。”

我以为史蒂芬对此会有什么意见，但他看了我一眼，便说：“需要我把家属的客房准备好吗？”

我抽着鼻子说：“如果你不介意的话，我宁可和弗兰克爷爷住在一起。我不想再一个人待着了。”

史蒂芬果断地点了点头。“那我就在达文波特先生的房间里给你准备一张折叠床。”

在我们遛迪奇的时候，我无视了爸爸妈妈打来的电话。我在他们睡醒之前就出门了，他们一定是好奇我在哪里。更准确地说是好奇钱在哪里。我发短信告诉他们我住在朋友家（这真的不是撒谎）。我也叫他们别担心，我周末后就会回家，因为星期一和银行有约。看到短信后，他们似乎就安心了。我之后会告诉他们我要永远搬出去住。

在公园里散步时，我告诉了弗兰克爷爷那天爸爸流着鼻血出现的事，以及昨晚马洛尼先生和爸爸妈妈的事，还有我们又要搬家的消息。虽然他除了说“我了解了”之外什么也没说，但我心里感觉好多了。我想，住在秋叶之家，一切都会好起来的。尤其是现在有了一间像样的康乐室。

我们把迪奇交给保罗和珍妮丝后，回到了秋叶之家。幸好我陪在他身边，要不然弗兰克爷爷可能会绕远路才回得了家，那样我们在去遗愿清单第四项活动的路上就会迟到了。我想，也许他是因为被弗洛伦斯搞得分心了，那个花样游泳队的老太太给他发了三条短信，内容基本上都是求他加入她的队伍。

我觉得他心动了，不过他说：“恕我直言，弗兰克，我真的受不了那些亮片泳衣。”

我们俩在长途旅程前上好厕所，然后打车去车站，坐上了开往伦敦的火车。爷爷舒舒服服地坐在一张折叠式座椅上，从口袋里掏出一包巧克力夹心饼干，递给了我一块。“好吧，告诉我，在这个美好的星期六，你为我们准备了什么死亡挑战计划？”

我把饼干塞进嘴里，边嚼边说：“我希望你不会介意，但其实这是我个人一直想做的事情，但我觉得你也会喜欢的。”

他说：“你觉得我们之前做的那些事情，是我一直想做的吗？”说完，他对我眨了眨眼睛。

我们在皇家节日音乐厅的台阶上见到了阿克尚，他给了我们每人一套护膝、护肘和头盔。我们俩都不想戴，但阿克尚坚持要求我们戴，因为他不想我们摔倒时把自己的头给撞傻。

爷爷推了我一下。“嘿，弗兰克，现在后悔还来得及吗？”

阿克尚只是看起来有点儿像那种邋遢的飒爽男人，实际上他对待教练的角色非常认真。他说：“跑酷是一项有趣而刺激的运动，但也并非没有危险。”

爷爷皱起了眉头。“不好意思，小伙子，没听说过。”

我说：“什么意思？你从来没听说过？”

“跑酷——我这辈子从来没听说过。”

阿克尚解释道：“跑酷从军事障碍训练中发展而来，是一门主要依靠移动来完成的运动训练。”

“听起来已经很精彩了。”弗兰克爷爷枯燥乏味地说道。

“它的概念是尽可能以最快和最高效的方式在复杂的环境中从一个点到达另一个点。”

弗兰克爷爷把脸拧成一团。“复杂的环境？”

“建筑密集区，就像这里。”阿克尚指了指四周说。

阿克尚没有理会爷爷的咕哝，继续说：“跑酷包括跑步、攀爬、摇荡、腾跃、跳跃、翻滚和匍匐。”

爷爷说：“你想让我爬、荡、跳、匍匐？我比我承认的年龄还要大得多。况且我绝对不是一只可恶的猴子。”

我说：“不，爷爷，你比猴子厉害多了。”

他对我做了个鬼脸。“这算是一种赞美吗？”

当然是。

第 28 章

总有你必须迎难而上的时候

阿克尚尝试教我们的第一个动作是基础落地。他说：“在跑酷运动中，你总会坠落，你必须学会迎接地面给你的回应。”

弗兰克爷爷转头看我，扬起一条眉毛，我可以看得出他在想：“你能听得进去这家伙说的话吗？”我对他皱了皱眉头，让他专心一点儿。

“你不可能在没有冲击的情况下完成一个跳转或飞跃的动作。”阿克尚继续说道，“所以，如果你想飞，就必须做好迎接坠落的准备。”

弗兰克爷爷说：“现在我听明白了。”

我用手肘轻轻推了他一下，但我必须承认，这听起来确实有点儿像那种励志模因[①]。

阿克尚接着向我们展示了如何正确地跳跃和落地，基本上就是跳起来，然后在着陆时弯曲膝盖。弗兰克爷爷和我完全掌握了这些动作。毕竟我们之前都从热气球上跳下来过。

不过，当阿克尚让我们从长凳上跳下来时，弗兰克爷爷就有点儿难以应付了。首先，让爷爷跳上去是第一个难关，但经过几次失败的尝试后，他还是成功了。然而，等他在长登上站起来，你会以为我们让他从大本钟上跳下来。我想是因为他感到有点儿压力，他开始变得有些暴躁。

“我不明白这有什么意义。我什么时候会需要从长凳上跳下来？”

“现在，弗兰克爷爷，”我说，“现在你需要从长凳上跳下来。”

阿克尚说：“这是一场与心智的战斗，而不是你的身体，达文波特先生。”

弗兰克爷爷嘟囔着一些话，但被我听到了。他说：“我已经和我的心智进行过够多的战斗了。”

当时，我不知道他这句话真正的意思，所以我说：“爷爷，你比想象的更强大。”

---

① 模因，英文为meme，指隔代流传的文化特征或特定行为。这个概念最早由英国科学家理查德·道金斯在其著作《自私的基因》中提出。——译者注

他翻了个白眼。“如果我在这之后需要换一个新的髋关节，到时候得由你来付钱。”我还没来得及问换一个髋关节要花多少钱，他就跳了下来，然后完美地落地了。阿克尚和我一起鼓掌，但听到他说“庄重点儿，好吗？我只是从长凳上跳下来而已。”后便立刻放下了手。他说得好像他在几秒钟前没有把这件事搞得像一出大戏一样。

当我们从长凳上跳下来十次后，爷爷说：“太棒了，这就是专业的跑酷选手。我们要不要去喝杯茶，吃个肉馅饼？”

我说：“待会儿再吃肉馅饼，我们还没真正开始跑呢。”

“我看起来像一匹赛马吗？”

“不，弗兰克爷爷，你看起来不像一匹赛马。你看起来更像一只大猩猩，我估计大猩猩很擅长跑酷。你不觉得吗，阿克尚？”

“我们可以进入下一项技能的学习了吗？”阿克尚用疲惫的声音说。

我说：“好！”

弗兰克爷爷说：“如果一定要的话。”

阿克尚带我们走到一堵矮墙前。他用手抚摸着它，就像抚摸猫咪一样，然后轻声细语地说：“墙。”然后就沉默了。

弗兰克爷爷和我面面相觑，努力憋着笑。阿克尚继续无声地抚摸着墙，时间越久，我们就越难忍着不笑。当他突然开口说话时，我们俩都吓了一大跳。

“你必须和你的环境融为一体，才能真正掌握跑酷，去感受一草一木。”

弗兰克爷爷说：“你说得很对。”但听起来他根本不觉得阿克尚说的是对的。

阿克尚眯起眼睛。“不，我是说真正去感受一草一木。”他抓起我们的手，“来，你们来吧，去感受一草一木。”

不知不觉中，弗兰克爷爷和我也在抚摸着墙。我不能说这是在预约跑酷课程时我脑海里的想象。在我看过的所有短视频中，没有一个显示跑酷者会抚摸墙。

弗兰克爷爷瞪着我。“我宁愿和海豚一起游泳。事实上，如果还有选择的话，我甚至宁愿和加拿大鹅一起游泳。”

经过一分钟左右的尴尬摸墙时刻，阿克尚看上去对我们已经充分感受一草一木而感到很满意。“下一个动作是安全腾跃。这是一项非常需要掌握的重要技能。”

这才像话嘛。他示范了如何通过一只手和一条腿的配合动作越过一堵矮墙。这看起来不太难。

弗兰克爷爷紧紧地皱起了眉头。

“去吧，试一试！”我说。

“你想让我把腿抬起来越过墙？我为什么不直接用走的绕过去呢？你在开玩笑，宝贝。”

我双手抱胸，对墙扬了扬头，让他知道我不是在开玩笑，而如果他不试一试的话，我会不开心的。

“有些时候，在生活中，”阿克尚平静地说，“有些事你不能直接绕过。有时候你必须正面冲向它们。”

弗兰克爷爷又给了我那种眼神，但这次他直接大声地说了出来：“你能听得进去这家伙说的话吗？”

我听得进去他说的话，而且你知道吗，我开始觉得阿克尚说得挺有道理的。

“弗兰克爷爷，冲向那堵墙吧。正面冲向它，全力以赴地冲过去。”

“冷静点儿，我没说我不会试。我只是需要助跑一下。”他大步走出了一段距离。有那么一刻，我还以为他是想骗我，假装继续往前走直到走进一家肉馅饼店，不过他停了下来，竖起了两根大拇指，说道：“好，我准备好冲向它了。”

阿克尚对我说：“我不确定他是否真的需要那么远的助跑。”

事实证明，阿克尚是对的。我们从三开始倒数，然后弗兰克爷爷开始了他伴随着喊叫声的冲刺。他一开始跑得很快，但过了一会儿很明显地他发现高估了自己的体力，因为跑到半路时，他不得不俯下身，把双手放在膝盖上喘气。但马上他又出发了，吃力地往墙冲过去。当他的手摸到墙的时候，他已经差不多是走路的速度了，但他成功把一条腿抬了起来，把自己硬拖了过去。这看起来不是很优雅，但他跨越过去了，所以他很高兴。

“真难以置信！我没想过我能让自己跨过去。”

我说：“你太厉害了！”

“不知道这些跑酷的噱头，在现实生活中什么时候才会派上用场。”

当时他还不知道后来在格雷斯比顶楼上发生的事，以及他新学会的技能将变得多么有用。

第 29 章

难受也没关系

我们回到秋叶之家时，我不觉得史蒂芬以后还能做出比当时更诧异的表情了。他告诉弗兰克爷爷，有个叫弗洛伦斯的女人打电话来，请他回电谈谈关于加入她的花样游泳队的事。

“她是个执着的人，这点我同意。”爷爷说，但他没有给她回电话。

他骄傲地向史蒂芬展示阿克尚给他的完成跑酷入门训练的徽章，然后我意识到我错了，我以为史蒂芬已经不能再做出更诧异的表情了，结果他这次做了。

其实弗兰克爷爷能不能获得他的徽章，曾经一度还是个悬念，因为他在学翻滚时一直在发牢骚。

他当时说：“如果你指望我会在伦敦肮脏的街道上翻

滚，那你就大错特错了。”

但阿克尚说：“没有人能一尘不染地度过一生。”

爷爷深深地叹了口气，说：“好吧，我会做的，只要能让这个特里莎修女闭嘴就行。”说完，他就像一只愤怒的刺猬一样趴在地上打起滚来。

我觉得我很喜欢跑酷。虽然我不怎么喜欢抚摸墙壁，但跑来跑去、跳来跳去让人感觉好爽。它让我忘记了家里的一切。恕我直言，它让我感受到了一点儿自由。

正当我要宣布遗愿清单上的下一项活动时，接待处的门被打开了。我看到了一张熟悉的脸——妈妈。

看到妈妈我很惊讶，主要有两个原因。第一是我没料到她会找到我。第二是我没想到她会看起来像一只裹着铝箔纸的贵宾犬。显然，她去珍妮丝家做了个新发型，因为她的头发看起来金灿灿又毛茸茸的，特别怪异。她还穿着她那件银色的大衣。爸爸第一次看到妈妈穿这件大衣的时候，他说她看起来就像已经准备好了在两百度的烤箱里烤一个半小时。

“弗兰克·达文波特，你在这里干什么？”妈妈说。

我还没来得及回答，弗兰克爷爷就说：“我住在这里。”

妈妈显然没有心情听这些卖弄小聪明的话。她指着我说：“我在跟他说话，夏洛克。”我觉得她这样叫他，是在挖苦他的帽子。

爷爷说：“很高兴见到你，坦尼娅。”

妈妈没有回复“我也很高兴见到你”，这就有点儿尴尬了。

史蒂芬身体往前靠了一下，把手伸到桌子上。“能再见到弗兰克的其他亲戚真是太好了。你想在休闲室里喝点儿茶吗？我可以为你安排。”

从妈妈脸上的表情，我可以看出她想赶紧离开，但她还是和史蒂芬握了一下手，因为她不喜欢在公共场合显得没有礼貌。

“不了，谢谢，我只是来接我儿子的。”

“他真是个了不起的男孩。”斯蒂芬说。这句话是我没有预料到的，它让我感觉很不错，但也有点儿尴尬，所以我只好看着地毯。

妈妈说：“他也有好的时候。”

这时，爸爸走了进来，看起来有点儿慌张的样子。

“坦，怎么这么久？”

妈妈抱着胸看着我。“好吧，弗兰克，你有什么要解释的吗？你之前说你住在朋友家。”

我想起了阿克尚关于正面冲向事情的建议，于是我说：“是的，我现在还是住在这里。”

爸爸多出一声假笑，他显然不觉得这有什么好笑的。“我不相信我的耳朵告诉我的。不可能，孩子。你要跟我和你妈妈一起回去。”

“我不，”我说，“我要和弗兰克爷爷住在一起。我已经有了自己的折叠床，什么都有了。”

爸爸瞪着弗兰克爷爷，脸上挂着令人有点儿不安的似笑非笑的怪笑。“这是真的吗？你给他弄了张床？你以为你是谁？十多年没联系了，你以为你现在可以从我身边把我儿子偷走？”

这时，史蒂芬显得有点儿不自在，于是找了个借口溜走了。他说：“我还是让你们自己待着吧。再说，我得离开了，我答应了布伦达给她做足疗。”

但是没有人听史蒂芬说话。弗兰克爷爷瞪着爸爸，妈妈穿着她的锡箔纸外套，看起来又闷热又烦躁。

弗兰克爷爷直起身子。“我不是在偷你的儿子，我是这孩子的爷爷。”

爸爸说：“从什么时候开始的？”

“他很难受。我不可能把他拒之门外，对吧？”

妈妈说：“弗兰克没有难受。你有吗，弗兰克？”

我还没来得及告诉她我有一点儿，嗯，非常难受，爸爸就说：“我知道怎么照顾我自己的儿子。”所以，我实际上没有机会回答这个问题。反正我不觉得妈妈是真的想从我这里得到答案。

弗兰克爷爷说：“没人说你不知道怎么照顾你的儿子。我只是觉得，要让这个好孩子远离——”

“远离什么？”爸爸说，“远离他的爸爸妈妈？”

弗兰克爷爷没有回答，但我回答了：“是的，远离你们俩。你们真让人受不了。你们两个。”

妈妈说：“你说什么，年轻人？”

“你没听错。我要留在这里和弗兰克爷爷一起住。”说完这句话时，我使劲咽了口口水，因为妈妈看起来像是随时都可能冒出蒸气。如果她真的是一只烤贵宾犬，那她肯定已经准备好从烤箱里出来了。

爸爸说：“别那样跟你妈妈说话。你必须和我们一起回家。”

我说：“你不能强迫我。”尽管我不确定是不是真的这样。但他们应该很难抓得到我，因为我学会了跑酷这项新技能。

爸爸似乎想说点儿什么，但他的手机哔哔响了起来，转移了他的注意力。他看着短信，额头皱成一团。

妈妈说：“是谁？”

爸爸没理她，把手机插回了口袋，对我说：“我没时间在这儿耗了。弗兰克，快上车。”

“不，我要留在这里。我要照顾弗兰克爷爷。”

他指着门说：“弗兰克。上车。马上。”

我一动也不动。

弗兰克爷爷说：“我想我们都需要冷静一下。让这孩子在这儿住几天吧。”

“你不要自作主张，好吗？”爸爸对弗兰克爷爷吼道，“你根本不知道发生了什么事！”然后他把双手放在头上，在大厅里踱来踱去。他的脸色变得非常苍白。

弗兰克爷爷没有理会他的咆哮。“你遇到麻烦了吗，儿子？”

“这跟你有什么关系？”

妈妈接着说：“弗兰克，怎么了？电话那头是谁？”

“没什么，坦。”他说。但我们都知道那是骗人的。

弗兰克爷爷向爸爸那边走了一步。“如果你遇到了麻烦，让我来帮你吧。”

“我不需要你的帮助。”爸爸停止了踱步，然后对我说：“我没时间在这儿耗了。你可以留到星期一，然后你就得回家，按你之前说你会做的去做。”说完，他冲出了门，妈妈随后追了出去。

他们抛下了我。

虽然是我要他们这么做的，不过我还是有点儿希望他们不会这么做。

弗兰克爷爷和我在那儿站了一会儿，看着前后晃动的门。我甚至不知道自己当下是什么感觉。我还没有机会意识到自己其实感觉不太好，甚至觉得很难受，弗兰克爷爷就把手搭在了我的肩膀上，说：“来吧，我带你熟悉一下这里。”

我点点头，因为我没信心自己能不哭着说话。尽管我知道弗兰克爷爷对哭这件事并不在意，但我还是不想做得太过头。

在回房间的路上，弗兰克爷爷一直把手搭在我的肩膀上。当他走到门口时，他把手放在门把上，但在转动门把之前，他对我说："你把我照顾得很好，弗兰克·约翰·达文波特。诺拉在立遗嘱的时候一定很清楚自己在做什么。但是现在，如果你不介意的话，我想照顾你。"

我使劲咽了口口水，因为我的喉咙里塞满了情绪，但我设法说："我不介意。我一点儿也不介意。"

接着，他说："你妈妈的头发到底怎么了？"

我笑了。"我不知道。你知道她让我想起了谁吗？"

结果我们俩不约而同地说："那只贵宾犬帕特里夏。"

第 30 章

你可以逃避问题，但它不会消失

弗兰克爷爷想睡个午觉，因为在人行道上扮演了刺猬一上午，他的老骨头都累坏了。他像气钻一样打鼾的时候，我正在思考我该拿爸爸妈妈怎么办。显然，他们希望我交出所有的钱，这些钱本应用来照顾弗兰克爷爷。如果他们发现我把钱都花光了，他们肯定会不高兴的。不过那不是他们的钱。是我的。

我给福斯特先生打了一通电话，以确认他是否照我说的做了。

他说："是的，一切都解决了。"

我花光了每一分钱。我挂了电话，让自己沉浸在这个信息里……但并没有沉得太深，因为弗兰克爷爷醒了，他打了一个大大的哈欠，把我从思绪中拉了回来。

他看着我说："你是谁，为什么在我的房间里？"

我以为他在开玩笑，所以我笑了起来。"我是你的新室友。"

他死死地盯着我看，我觉得他的眼球都要掉出来了。然后他说："出去。我没叫你进来。你为什么会在这里？"他听起来很害怕。

"弗兰克爷爷，冷静点儿，是我，弗兰克。我要和你住在一起一段时间，记得吗？"

他的目光在我脸上划过几下。"弗兰克？你怎么没去学校？如果被你妈妈发现你旷课而我知道这件事，她会杀了我的。"

"现在是暑假，弗兰克爷爷。"

他停顿了一会儿，表情看上去逐渐放松下来，直至恢复正常。"暑假。当然。你是我的孙子弗兰克。我知道。我知道……"他说这句话的时候不是对着我说的，他在自言自语。

当时我还不明白发生了什么事，而且我还以为自己很幽默，我说："他又回来了！"

我多希望我能意识到他已经迷糊了。我多希望我告诉了他不要害怕，我在他身边。但我想人们往往不懂得在适当的时候说适当的话。

他从床尾抓起帽子，用一种有点儿生气的语气说："够了，你还在等什么？我们要错过下午茶了。"

我跟着他走出门，一想到吃的就很高兴，今天又是跑酷又是吵架的，我突然感到超级饿。我们来到大厅时，史蒂芬看到三个身穿米色制服的送货员，于是高兴得跳了起来。

"把它放到后院去，可以放在那堵墙旁边的露台上。这样路过的人就不会看不见了。"

"这是怎么一回事？"弗兰克爷爷问。

史蒂芬看着我。"你一定知道这是怎么回事，对吗？"

"我猜是那个SuperX8000送到了？"

史蒂芬像爸爸那样揉了揉我的头发，说："完全正确。"

"那个什么？"弗兰克爷爷又问。

"市面上最好的热水浴缸，就是它！"史蒂芬说，"是这个孩子给我们买的。"

弗兰克爷爷似乎没有被史蒂芬兴奋的心情所影响。他把帽子往下拉低了一些，然后拖着脚步走进餐厅，说："这正是我们这里所需要的——一个泡老人汤的大浴盆。"

他想说什么就随他去吧。我知道他之后肯定也会泡在浴缸里的，穿着他那件闪闪发亮的菠萝泳衣。

在我享受着溏心蛋和黄油吐司条的美味时，弗兰克爷爷试图和我再聊聊我爸爸妈妈目前的状况，但我真的没有那个心情。

"你爸爸说星期一去做你之前说你会做的事是什么

意思？”

我不想向他承认我曾答应把所有的钱交出去，即使那是个谎言。我也不想说出真相，就是反正我已经把钱都花光了。于是我耸耸肩说：“没什么。”然后开始用我的茶勺敲鸡蛋。

我可能表现得太专注了，只听爷爷说：“没有什么比被打碎的鸡蛋更美味的了，对吧？”

我完全笑不出来。

弗兰克爷爷用勺子指着我说：“这种沉溺的状态，对任何人来说都没有好处。如果你想感觉好一点儿，你就得去和你的爸爸妈妈好好谈一谈，让他们知道是什么在困扰着你。”

我叹了口气。“我一定要去吗？我们就不能只是去做遗愿清单上的下一项活动吗？”

他歪了歪脑袋。“当然可以！逃避问题对我来说总是很有效。”我以为他不是认真的，但接着他叹息道：“如果有一件能让你暂时忘却烦恼的事，那就去做吧——不管它可能是多么荒唐的事。但别像我一样，弗兰克。不要把问题拖得太久。”

“好吧，我会跟他们谈谈的。”我说，但只不过是为了不让他再继续谈这个话题。我根本没打算和爸爸妈妈说话。没有意义，因为他们不会听的。而且，我要和爷爷、史蒂芬、布伦达以及其他老人一起住在秋叶之家。我不需要我的父母。

弗兰克爷爷往嘴里塞了一根蘸了蛋黄的吐司条。“说吧，明天你给我们俩准备了什么好东西？”

“你将会开着一辆大脚车[①]，飞过一堆车子，开上斜坡，然后穿过火圈。广告上说，这会非常刺激。”

他连眼睛都没眨就说：“星期天的常规活动。”

那天晚上，当我躺在折叠床上，再次听到弗兰克爷爷的气钻鼾声时，我不禁感到有点儿难过。他还不知道，大脚车将会是遗愿清单上的最后一项活动，已经没有钱再去进行其他的活动了。

我从口袋里掏出那张又脏又皱的纸，看了看那些我们没法做的任务，比如骑鸵鸟、和鲨鱼一起游泳、在机翼上走路，但错过这些并不是我难过的原因。遗愿清单上的唯一一件我希望我真的能为他做的事，是我最后加上去的那个想法——让弗兰克爷爷和爸爸重归于好。但现在我知道这不可能实现了，所以我把清单揉成一团，扔进了垃圾桶。

① 一种特殊的改装汽车，具有极大的车轮和加高的悬挂系统。——译者注

第 31 章

你的肾上腺其实在肾脏的上方，别问我肾脏在哪里

隔天早上，我们离开秋叶之家的时候，热水浴缸里已经挤满了老人，他们决定在浴缸的泡泡里享用早餐。当布伦达不小心把吐司掉进浴缸时，弗兰克爷爷对此的评论是：现在老人汤里还有脆皮面包块了。

我曾尝试说服大脚车的主人布鲁斯，让他开着大脚车来接我们，但他坚决不同意。在A20高速公路上驾驶巨型卡车是违法的。幸运的是，早上和迪奇散步回来后，我们把它送走时，珍妮丝和保罗同意用狗车载我们一趟，所以这也挺好的。

虽然是我先喊出“我坐副驾！”的，但弗兰克爷爷完全

无视谁先喊谁先坐的规则，直接钻进了副驾驶座位，说：“老人优先，孩子。”

我只好来到后座，和迪奇、保罗坐在一起。这时，珍妮丝说：“没有什么比五百四十立方英寸的梅林发动机的声音，更能让人热血沸腾、心跳加速的了！达文波特先生，你说是吗？”原来她是个超级大脚车迷。

弗兰克爷爷翻了个白眼。“我的肾上腺正因为兴奋而抽搐。”尽管他的话里带着讥讽，而我也不知道肾上腺是什么，但我认为这应该是一个好兆头。

前往大脚车竞技场的路程很漫长，因为那里有热气球表演，所以交通堵塞了。我在路上不断尝试搞清楚自己是否也能感觉到我的肾上腺在抽搐。我猜它们应该在我胃里的某个地方，或者在左胸部，靠近心脏的地方。一直表现得像个汽车迷的珍妮丝，利用开车的时间不停给弗兰克爷爷科普史上最精彩的大脚车撞车事故，直到爷爷铁青着脸转头让她别说了。

在我们终于抵达目的地时，珍妮丝已经陷入了对大脚车的狂热状态。她告诉保罗，如果他肯的话，他可以不去上瑜伽课，这样他们俩就可以留下来看爷爷开大脚车了。但保罗不想这样，他说他的脉轮[①]的某个部分出了问题。但不管怎

① 瑜伽术语，指身体内能量流动的关键节点，位于人体的不同部位。——译者注

样，他们最终还是留了下来。

布鲁斯在接待处迎接了我们。他的个头跟我差不多。我不知道为什么，我一直以为大脚车司机一定是个高个儿，而不是这种指甲和眉毛都修得很干净的小个子。可想而知我对大脚车了解得有多少了。

“天哪，”他看着迪奇说，“这只狗好大。”

我说：“我们喜欢大的东西。这就是为什么我们会在这里。我们有预约到你们最大的卡车吗？你在电话里说我们可以开最大的卡车。”

“我就知道你会挑最大的。”弗兰克爷爷说。

“它很友好的，是吧？”布鲁斯紧张地问。

我看着弗兰克爷爷，诚实地回答说：“大多数时候是的。他确实会比较情绪化，但我认为那是因为他有点儿上年纪了。”

布鲁斯说：“我说的不是你爷爷，是那条狗。”好像这本应该是显而易见的。

“噢，是的！迪奇真的很友好。”

弗兰克爷爷摸了摸迪奇的耳朵。“它是世界上最好的狗狗。从来没犯过错。”

这句话并不完全正确，但我不觉得现在提起闻屁股和池塘事件有什么意义。

布鲁斯有所顾虑地盯着迪奇。老实说，他们两个的个头儿没差多少，所以我能理解他为什么这么小心翼翼的。

“所以，我们有预约到你们最大的卡车吗？”我再次问道，因为我已经迫不及待想开始了，“我们要最刺激的。”

布鲁斯点了点头，但目光仍然没有离开迪奇。“贝琪已经准备好了，正在等着你们……这只狗真的很大。”

我说：“贝琪？”我要的是一辆卡车，不是一个女孩。

“是的，贝琪已经打过蜡、抛过光，它现在已经加满了油，轮胎也打满了气，可以准备启动了。”

“贝琪是那辆卡车的名字？”我说，“你就没有更有男子气概的卡车给我们开吗？”

布鲁斯的眉毛在他的额头上跳起了小舞。“等你见到它再说吧。我们的贝琪可是个野兽。它的引擎有一千四百五十马力！”

“很大欸，”我说，“你觉得那等于多少头羊驼？”

布鲁斯用一种好像他觉得我不是认真的眼神打量了我一下，没有理会我的问题。“那我们去看看它吧，好吗？”

我们跟随布鲁斯走到竞技场，这个竞技场基本上就是一条很宽大的泥土赛道，四周被一排排的看台椅包围着。赛道上还有坡道和土墩，以及一排仿佛在求着被选手飞越过去的老汽车。

停在中间、全身闪闪发光的，就是贝琪。布鲁斯没有骗人，它真的是一头野兽。它是卡车界的迪奇。总之，它超级大，我甚至可以站在轮拱下。它是黄红色的，车前装着一个巨大的格栅。

我想弗兰克爷爷一定也被震撼到了，他摘下帽子说：“我的天，这是什么鬼东西？”

“这就是你要开的车。”我说。

他轻轻地吹了一声口哨。“跟秋叶之家的小巴士可真有些不同。”他说得没错。

布鲁斯用非常严肃的语气要求无关人员离开竞技场，但珍妮丝看起来并没有要离开的意思。

布鲁斯戴上了防撞头盔。“站在车道上太危险了。如果你想被五吨重的金属和玻璃纤维压扁，那就待在原地吧。”

珍妮丝、保罗和迪奇听到后快速离开，坐到了有折叠椅的看台上。然后，布鲁斯让我和爷爷戴上头盔，他说：“如果我们意外翻车的话，你们需要一些东西来保护你们的头骨。”接着是防火服，“这是为了避免卡车着火时我们被烧死。”

他说完后笑了笑，但弗兰克爷爷没有笑。实际上，他做了一个人们在教堂里会做的动作——画一个十字。不过我倒是很兴奋。翻转一辆大脚车该有多酷啊！但随后布鲁斯说：“如果你们按照我的指示来操作，一切都不会有问题。我们今天不会做太疯狂的事。”这让人有点儿泄气。

然而，他没预料到接下来会发生的事。

第 32 章

不要相信那些广告

我们穿戴好头盔和防火服，弗兰克爷爷抬头看着贝琪，说："你觉得我这老骨头怎么才能上到那么高的地方？"

这是一个合理的疑问，因为那些门都比我们的头还高。

布鲁斯说："像这样。"他钻到卡车下面，像小猴子一样抓住一根金属架爬了上去。我成功做了这个动作，但即使弗兰克爷爷最近参加了跑酷训练，他还是需要一个梯子才能爬到驾驶座上。

布鲁斯和弗兰克爷爷坐在前面，我则把自己扣在了后座。接着，我用我最好的美式口音喊道："让我们启动卡车吧！如果泥巴没有飞溅起来，说明你没有竭尽全力！"

珍妮丝在看台上大声欢呼，但布鲁斯和弗兰克爷爷都转过身来盯着我看，好像我把头盔戴反了一样。

“怎么了？”我说，他们是浇不灭我的热情的，“发动引擎吧，弗兰克爷爷！让我们来看看贝琪的能耐！”

“首先，”布鲁斯说，“用低速而平稳的一挡启动。”

我已经看过很多视频，所以知道这听起来不太像开大脚车。但当弗兰克爷爷转动钥匙点火时，贝琪发出一声巨大的轰鸣，这令人非常激动。

珍妮丝站在座位上嚷嚷道：“那是一千四百五十马力的声音！”

“或者是四千三百五十头羊驼！”我大声回答，因为我已经知道一匹马差不多等于三头羊驼（在你误以为我是个天才之前告诉你，其实我已经用手机上的计算器算过了）。

弗兰克爷爷把变速杆推到一挡，布鲁斯说：“很好，很好，放轻松。”然后我们便开始缓慢地向前行进。

“放轻松”并不是我在预约大脚车体验时期望会听到的话。弗兰克爷爷像抓救生圈一样紧紧握着方向盘，所以我们以每小时十二英里的速度在竞技场周围缓慢地前行，就仿佛贝琪是由一头年老的羊驼驱动的。

“你不能开快一点儿吗？”我问，“这不是我想象中那种刺激的体验。”

布鲁斯直接拒绝了我的请求。“安全第一，然后才求刺激。确保你爷爷和贝琪有良好的配合是很重要的。在我们尝试任何把戏之前，他需要知道怎么驾驭它。”

“把戏？”这才像话嘛，“什么把戏？”

“等着瞧吧。”布鲁斯说，“准备好挂二挡了吗，达文波特先生？”

在我这儿，二挡还算不上是把戏。

弗兰克爷爷用非常严肃的声音回答：“是的。”接着他移动了变速杆。

“很好，很好，加大一点儿油门。”布鲁斯说。

“不如加大很多油门？”我说。

弗兰克爷爷踩下油门，速度计一下飙到每小时十六英里。我瘫坐在后座上，我们终于又绕了竞技场一圈。如果我们跟坐着那辆全新顶配款轮椅的布伦达比赛，我会赌她赢。

“你在后面爽吗？”弗兰克爷爷扭头喊道。

我说："嗯，很爽。"但我心想，不管我的肾上腺到底在哪里，它们应该都已经萎缩死掉了。

又转了四圈后，我已经对眼前发生的事失去了兴趣，于是开始翻阅我在后座上找到的一本大脚车杂志。其中有一篇关于一辆叫雷米纳特的卡车的文章。这才是一个有男子气概的名字。雷米纳特是目前已知速度最快的大脚车。它的最高速度是每小时九十九点一英里。而贝琪当时的车速为每小时二十三英里。太令人失望了。当弗兰克爷爷关掉引擎时，我才从杂志上抬起头来。

"你已经准备好，可以进入下一级训练了。"布鲁斯说。

我觉得我的其中一个肾上腺抽动了一下。也许"下一等级"意味着飞过火圈。

他指着竞技场一端那世界上最小的土墩。"你要把车开上那个坡……"

"然后起飞，飞过炽热的火圈？"我问。

"然后下坡，以缓慢而平稳的方式。"

我使劲地叹了口气，好让布鲁斯知道我一点儿也不觉得刺激。"他就不能试着开上那边那个大一点儿的土墩吗？"

布鲁斯笑出声，摇了摇戴着头盔的脑袋。"当然不行！那是给专业人士的。再说，你爷爷年龄多大了，有八十岁了吧？我可不能让一个八十岁的老人去尝试那个。"

我以为这句关于年龄的说法会让布鲁斯陷入一大堆麻烦，结果弗兰克爷爷没有作出回应。他照吩咐的去做，以一种缓慢而平稳的方式把车开上了土墩的一边。然后缓慢而平稳地从另一边下坡。它甚至没有让我的肚子产生悸动。

“嘿，我开大脚车开得还不错吧？”弗兰克爷爷说。

我说：“是的，你完全驾驭了它。”这是为了不伤他的心，其实我并不觉得弗兰克爷爷对开大脚车是怎么一回事有正确的概念。

弗兰克爷爷还没来得及再次开车上土墩，扩音器里传来了一个声音：“布鲁斯，你能来一下接待处吗？有个女人在这儿闹事。”

布鲁斯让弗兰克爷爷把车熄了。“我最好去处理一下这件事。”接着，他用手指着我，用一种没有必要那么严厉的语气（考虑到我才是付费的顾客）说：“不要让你的爷爷开车穿过火圈。”

布鲁斯爬下车，穿过竞技场的通道走向接待处后，弗兰克爷爷转向我说：“也许他有说过不要穿过火圈，但他没说不可以上那边的大土墩。”

“你在说什么？”

“我要让他瞧瞧一个八十岁的老人能做什么。”他对我眨了眨眼睛，接着重新启动了引擎，“看不出在那个土墩上缓慢而平稳地开车有什么危险，对吧？”

尽管没有铁圈和火焰，但我还是对他的建议感到非常激动。“我完全看不出有什么危险。”因为我就是看不出。

也许我应该再仔细看看的。

弗兰克爷爷绕着竞技场转了一圈，我们向一脸惊讶的保罗和迪奇，以及看起来极度兴奋的珍妮丝挥挥手，珍妮丝双手高举着摇滚手势向我们致敬。

当我们在土墩前摆好架势时，它看起来比我最初想象的要大得多。它大约是弗兰克爷爷之前练习的那座土墩的十倍高。也许我本应该告诉他，要缓慢而平稳地前进，但我想要治愈我的肾上腺，于是我说："你需要很多动力才能爬上去。把油门踩到底，让这辆宝贝飞起来！"

"不会飞起来的。"爷爷说（事实证明他错了），"我们要爬上去，然后从另一边爬下来，就这样。"

这不是我想听到的话，但我说："好吧。在布鲁斯回来之前，赶紧开始吧。"

弗兰克爷爷抓紧方向盘，一脚重重地踩在油门上，贝琪发出巨大的轰鸣声，摇摇晃晃地向前冲去。当我们到达坡顶时，我们才意识到问题所在。问题就是，那不是一个土墩，而是一个单面斜坡。所以另一面没有下坡路，只有一个巨大的落差。然而，我们没有掉下去，我们飞起来了，飞起来了，飞到了空中！

第33章

让你措手不及的，不一定是那些大的撞击，小的撞击也会

如果你想让时间流逝得慢一点儿（假使你像弗兰克爷爷那样老），这似乎会是个好主意——我建议你开着一辆大脚车在空中飞驰。这真的很神奇。我们不可能在空中停留那么久，但我却记得所有的细节。

我记得弗兰克爷爷说的每一句话，那是一大堆不值得重复的话。我记得他脸上的表情，直到他用手捂住了脸。我记得在我看着方向盘的时候，我在想，真应该有人握住它。我记得那银色的反光吸引了我的眼球，我发现妈妈就在看台

上，穿着她那件蓬松的大衣，顶着她那头贵宾犬头发。我记得我意识到我的肾上腺肯定长在我的屁股上。

我还记得我们是怎么着陆的。

因为我们完全失衡了（这都要怪弗兰克爷爷松开了方向盘），所以我们并没有像我在所有视频中看到的那样，让贝琪的两个后轮先着陆。我们是用一个轮子着陆的。这代表我们向一边倾倒了一点点。当我说一点点的时候，我的意思是很多。幸好，弗兰克爷爷及时反应过来，抓住方向盘打向一边。但他打得有点儿过头了，我们直接翻滚到另一边。他把方向盘往回转，但这又是一次太过头的修正，我们又倾倒向了左边。于是他又打了一次，然后……好吧，你可以看出这是怎么一回事了。我们从一边到另一边颠来颠去的，周围飞溅起泥土，与此同时，弗兰克爷爷嚷嚷着一些在电视上会被“哔哔”声消音的话。

我想我们俩都不知道这一切会怎么收尾。在那一刻，让贝琪飞起来好像不再是一个令人感到刺激的想法。幸运的是，弗兰克爷爷疯狂转动方向盘的动作开始见效了，卡车的颠簸逐渐变得不那么剧烈。

他对着贝琪说：“稳住，姑娘。稳住，姑娘。”于是它开始照吩咐行动。很快，四个轮子都落在地上，我们的脸上露出了如释重负的笑容。

布鲁斯和妈妈却看起来不怎么开心。

我探出窗外挥了挥手。“别担心，”我自信地说道，

“我们已经把一切控制住了。”

接着，就在弗兰克爷爷对布鲁斯大喊“我这个老人刚刚搞定了它！”的时候，车子的前轮撞到了他之前开上去的那个小土墩。

突然之间，贝琪再次冲上了天。鉴于刚刚“搞定了”的说法，这让人既惊讶又尴尬。

贝琪刚飞到空中，很快又砰的一声仰面朝天摔在了地上。

但随后它又弹了起来。

然后又掉了下去。

然后是一个小小的反弹。

接着又砰的一声掉下去。

最后它就躺在了那里。

而我们则坐在里边，被安全带绑在座位上，看着此刻在我们头上的脚。

我们过了一会儿才得以开口说话。弗兰克爷爷关掉了引擎，说：“弗兰克，够刺激了吧？”

我说：“我想我们已经准备好迎接炽热的火圈了。”

弗兰克爷爷说：“我想我已经准备好喝一杯了。”

我们解开安全带，从贝琪的一扇窗户爬了出去。它的轮子还在转动，就像一只挣扎的乌龟。这让我对它感到有点儿抱歉。

弗兰克爷爷摇了摇头。“这是个教训，小伙子。生活中不一定是那些重大的事情才会让你翻车和摔倒在地。”

每个人都大喊大叫着朝我们跑过来。

保罗说：“你们没事吧？”

珍妮丝说：“简直太精彩了。”

布鲁斯说：“别跟别人说是我把钥匙留给你们的。”

妈妈说：“我还以为你死了！”我个人认为这说得有点儿太夸张了，但这就是妈妈会做的。

她用一种不是很温柔的方式把我的头盔摘了下来，抓住我的头，然后开始从头到脚检查我有没有受伤。当她确信我的胳膊和腿还健在后，她在我的脸上留下了一个个大大的口红印。我还没来得及叫她打住，她又把我拉入怀里，给了我一个大大的拥抱，对着我的头发说：“弗兰克，你再也不要这样对我了。你太珍贵了。”

我短期内是不会再坐上大脚车的，主要是因为我没钱，但我没告诉她这个。我忙着享受被说珍贵的感觉。还有记住抱着她的感觉。

我想如果不是迪奇当时走过来开始闻她的屁股，她会永远抱着我。我猜，由于她的新发型，迪奇也注意到了她与那只贵宾犬帕特里夏有几分相似之处。

迪奇的出现一定是提醒了妈妈她来到这里的原因，因为她的脸突然变得紧绷，看上去惊慌失措的样子。

我说："妈妈，怎么了？"

她转头看向正在重新戴上猎鹿帽的弗兰克爷爷，用颤抖的声音说："达文波特先生，我需要你的帮助。"

弗兰克爷爷没有犹豫，他说："你尽管说。"

我能感觉到一定是发生了不好的事，我说："妈妈，发生什么事了？"

妈妈艰难地咽了口气。"你爸爸失踪了。他遇到麻烦了，弗兰克。严重的麻烦。"

我觉得自己好像又经历了一次倒立，在空中翻来覆去地打着转。

第 34 章

伦敦的交通是个噩梦

弗兰克爷爷带着妈妈走到看台上，在折叠椅上坐下来，说："坦尼娅，告诉我们你知道的一切。"

"前一分钟，弗兰克还在打电话恳求别人。下一秒，一辆车停在房子外面，然后他就失踪了。我打过电话，但他没接。一个小时后，我收到了一条短信，说如果我想再见到弗兰克，就得在下午两点之前带着钱到格雷斯比那儿去。"

"多少钱？"弗兰克爷爷问。

妈妈看着我说："他们要二十万。"

"格雷斯比是谁？"弗兰克爷爷又问。

妈妈摇了摇头。"不是人，是个百货商场。"

"他们在计划收购好几家杂货店呢。"保罗说道。但接着珍妮丝捅了他一下，他就闭上了嘴。

“弗兰克，”妈妈说，“我知道你收着那笔诺拉留给你的钱有你的理由，但你必须把它交出来。你不想看到你爸爸受伤，甚至是更糟的情况，你想这样吗？”

“不，当然不想。”我说，因为我绝对不想那样。

她轻抚着我的脸颊。“你是个好孩子，弗兰克。”

我并不觉得自己是个好孩子，因为她看起来是那么绝望，我更加不能告诉她钱已经被我花光了。

弗兰克爷爷戴上了猎鹿帽，开始行动起来。

“你报警了吗？”他问。

“我怎么可以报警呢？他们不会想帮我们的。再说，我不想让弗兰克最终又陷入法律方面的麻烦。”

弗兰克爷爷看了看他的手表。“快一点钟了。如果我们要救我儿子，我们就得行动起来。”

“你打算怎么做？”我问道。

“我还不知道，但不管做什么，我都不会让他有什么不测。我们只需要找到他在哪儿。”

珍妮丝朝出口走去，说：“大家快上狗车！”

弗兰克爷爷把妈妈从椅子上扶起来。我看见她紧紧握住他的手，轻声地说：“谢谢你。”

他微微点了点头，也回了一句“谢谢”。当时我不知道他为什么要感谢她。现在，我觉得是因为妈妈愿意去找他帮忙。我想每个人都渴望被人需要。

狗车的后座有点儿拥挤，尤其是因为迪奇在妈妈身边一刻也不消停。它在她身上爬来爬去，闻她的耳朵，在她脸上摇尾巴，还舔她的胳膊。换作别的时候，告诉她这是因为她让迪奇想起了贵宾犬帕特里夏，我一定会觉得超好笑。但在那一刻，我满脑子想的都是那笔我花光的钱。我已经把能帮爸爸摆脱麻烦的钱花光了。

珍妮丝一定是受到了大脚车的启发，因为她开起车来简直像个疯子，比妈妈开得还糟糕的那种。她根本没有留心环岛，而是直接从上面穿过去，把手摁在车喇叭上，让其他道路使用者知道她要来了。

“至少我们没有浪费时间。”当保罗开始抱怨说红绿灯的存在是有原因的时，她这么回应道。

珍妮丝说得没错，我们没有浪费时间，直到她向左拐，我们最终被堵在了长长的车龙里。珍妮丝的手一直摁着喇叭，仿佛它可以让其他所有车辆都消失似的。不出所料，它没有奏效，只不过它确实使车内的气氛更加紧张了。

坐在前面的弗兰克爷爷把珍妮丝的手从喇叭上挪开，又看了看他的手表，说：“别慌，还有时间。”但他的语气不太令人信服。

妈妈说：“谁能把这只狗从我面前拿开？我刚收到了一条短信。”

她大声地读出来：“别忘了，下午两点，格雷斯比停车场顶楼。”她把头埋在了双手里，“你爸爸和停车场的顶楼有什么过节？第一次是在沃金的西夫韦百货商场，现在是在这里！”

我们前面车子里的人开始陆续关掉他们的引擎。弗兰克爷爷摇下车窗，叫住一个靠在车边抽烟的人。

“你知道为什么会大堵车吗？”

“堵了好几英里。一时半会儿谁也没法上哪儿去。热气球坠落在了双向车道上。看样子是从那边的空地上起飞的。”

“完了。”妈妈说着，开始哭了起来。

我感觉到我的下巴也开始颤抖了，但接着弗兰克爷爷说：“肯定还没完！跟着我。我有个主意。”我的下巴还没来得及真正颤动，他就跑下了车。

我们都下了狗车，紧随弗兰克爷爷在车流中穿梭。他飞快地跑了起来，那顶猎鹿帽的耳罩疯狂地扇动着。他肯定不能一直保持这种速度。如果他想跑八英里到格雷斯比去，那可不是个好主意。

幸好，他有比这个更好的主意。一个更更更好的主意。

第 35 章

如果你欠人家钱，千万不要在停车场的顶楼和他们碰面

在穿过一段繁忙的车流后，弗兰克爷爷走上了人行道，我们跟着他越过一座桥，钻过一排篱笆，来到了一片空地。这里满是准备起飞的热气球。

“看看气球戴夫在哪儿！”他对我喊道。

我终于知道他的主意是什么了。他要搭热气球去格雷斯比。

我看到了气球戴夫彩虹色的热气球，半膨胀状态地在远处的角落里。“他在那边！”我大喊一声，弗兰克爷爷就跑

了过去，耳罩又扇动了起来。

当我们来到戴夫身边时，弗兰克爷爷喘得弯下腰，把双手放在他的膝盖上，气喘吁吁地说：“我们需要你的热气球。”

气球戴夫说：“我也需要我的热气球。”

我说：“这是紧急情况，我们要去救我的爸爸，免得他从格雷斯比停车场的顶楼被扔下去。”

气球戴夫皱起眉头，好像不太相信我说的话，但妈妈、珍妮丝、保罗和弗兰克爷爷都不约而同地接着说：“是真的！”

气球戴夫双手抱胸，问道：“我的热气球跟这件事儿有什么关系？”

我以为这是显而易见的，但我还是回答：“你要带我们搭热气球飞过去。”

“我不是开公交车的司机，我是热气球飞行员，我们依靠的是风向。我不能选择气球的去向。”

我说：“什么？真的吗？”

“是啊，当然了！”

那这些东西居然还被允许在天上飞，真是匪夷所思。

妈妈说：“你认为现在的风向会把我们带到格雷斯比吗？”

气球戴夫舔了舔他的手指，把它伸到空气中测风向。接着，他查看了一下手机上的某个应用程序，说道：“你知道吗，也许还真的可以。”

妈妈握住他的手说：“拜托，我求你了。”然后甩了一下她的贵宾犬头发，不知为什么，这似乎奏效了。

“好吧，上来吧。不要让人家说戴夫·博宾斯是那种眼睁睁看着别人从停车场顶楼被扔下去的人。”

“你真是个英雄。”妈妈说。

气球戴夫脸红了。“反正我也要买点儿牛奶。”

我们全都进到热气球吊篮里，幸好这是全郡最大的热气球吊篮，因为我们人很多，况且迪奇就占了相当大的空间。戴夫关上门，加大火焰，等热气球完全膨胀后，我们便出发了。

在飞行途中，我一直想方设法告诉妈妈我并没有二十万英镑，但每次开口，我一个字都说不出来。即使到了现在，我也不知道当我们和绑架爸爸的人面对面时会发生什么。

由于我不停地担心和思考，所以我不知道在前往格雷斯比的路上到底花了多长时间。但我知道当时我们所剩的时间不多了，因为弗兰克爷爷不停查看他的手表。当我们即将到达格雷斯比时，我们在那个停车场上空相当高的位置，但我能辨别出顶楼上有三个人。

“我要让热气球降下去了。”气球戴夫说完，开始减少燃气的供应。

随着我们逐渐下降，顶楼上的人开始指着我们。除了一个人，他的双手被绑在背后。

超市

“爸爸！”我喊道，“他在那里。”他没有招手，因为他做不了。

气球戴夫说：“我不觉得我们能降落在上面。太多车了。”

“你就尽量靠近，”爷爷说，“剩下的距离，我会用跳的。”

我的眼睛肯定瞪得像热气球一样大，我说：“但是，爷爷，你之前只能勉强做到从长凳上跳下来。你要怎么用你这身老骨头从热气球跳下去呢？”

“谁说我是老骨头？”

“你。你说过好多遍了！”

气球戴夫说：“我会尽可能让热气球靠近停车场，但还是会有一点儿距离。达文波特先生，你确定你要这么做吗？”

“我一生中从未对一件事这么笃定过。我的孩子需要我。”他转向我眨了眨眼睛，“阿克尚怎么说来着？如果你想飞，就必须做好坠落的准备？”

“差不多。”我说，“但我确信他说的不是让一个八十岁的人从热气球上跳下去。”

“如果我不跳出这个热气球，我往后余生都会后悔的。我已经有太多后悔的事了。不管我在地面上遭受到何等冲击，都不会像再次让我的儿子失望那样带给我强烈的打击。”

说实话，我觉得现在不是大发感慨的时候，因为离爸爸被悬挂在人行道上空只剩下几秒钟。于是我说：“非常好！我会替你倒数，如果你突然害怕了，我会直接推你一把。”

当气球戴夫把热气球越降越低的时候，我们可以看出下面发生了一阵骚动。那两个人对着爸爸大喊：“是警察！你报警了？”他们听起来很不高兴。

显然，我们不是警察。我们当中有一个戴着福尔摩斯帽子的老人、一个看起来像裹着铝箔的贵宾犬女人、一对开着狗车经营多种生意的情侣、一只嗅觉有问题的大狗狗、一个不会眼睁睁看着别人从停车场顶楼上被扔下去的热气球飞行员……还有一个即将令他全家人失望的孩子。

第 36 章

我的弗兰克爷爷真厉害

气球戴夫成功地一点一点降低了热气球的高度。从我们的位置，我们可以非常清楚地听到绑架爸爸的人在说什么。因为他们在下面看不见我们，所以他们仍然以为我们是警察，并对此很生气。

那个扎着又长又乱的马尾辫的壮汉，就是在网球俱乐部停车场上从爸爸车里出来的那个人，他把爸爸推到顶楼的边上，说道："那么，弗兰克·达文波特，看来你的脸很快就要碰到人行道了。"

爸爸试图跟他讲道理，说："你什么时候见过警察坐在彩虹色的热气球上？那只是一个用来表演的热气球。"

马尾辫男人没有被说服："那可能是卧底。"

爸爸说："对，没错，这么巨大的热气球竟然是卧底。

谁会注意到它在格雷斯比附近盘旋呢？”我不得不承认，爸爸不是一个有礼貌的人质，哪怕他在被一点一点地逼向顶楼的边缘。

另一个人说：“他说得有道理，凯先生。”

即便远在吊篮上，从他说话的方式和他的动作，我都知道那个人是谁。是托尼。

我说：“妈妈，那是你的网球教练。”

妈妈的嘴张得真的很大。“他在这里干什么？”

热气球又下降了一点儿，然后气球戴夫说：“这是我能为你做到的最近距离了。你得快点儿，气流随时都可能改变方向。”

弗兰克爷爷把头探到吊篮边上看了一下。我们离停车场顶楼大约隔着三米的高度和一米的距离。这听起来并不远，但相信我，如果你要从上面跳下去，你就不会这么想了。

凯先生看到爷爷，喊道：“那不是警察，是夏洛克·福尔摩斯。真是见鬼了！”

爸爸结结巴巴地说：“呃……其实那是我爸爸。”

凯先生接着说：“你爸爸是夏洛克·福尔摩斯？别开玩笑了！”

“不。”爸爸说，“我爸爸是弗兰克·达文波特。我也不知道为什么他正在从热气球里爬出来。”

这时，弗兰克爷爷已经有一条腿搁在吊篮的边上，他正准备跳下去。他说：“坚持住，儿子，我来救你了。”

爸爸看起来并不乐意见到爷爷。他说：“你在干什么？你这个老头子，赶紧回到那个热气球里去。”

“仔细想想，他看上去太老了，不像是夏洛克·福尔摩斯。”凯先生说。

爸爸回应道：“他不是夏洛克·福尔摩斯，那里没有一个人是夏洛克·福尔摩斯。那只是一个戴着猎鹿帽的疯老头儿。”

肯定是“老”或“疯”的说法，触发了弗兰克爷爷的某些机关。在所有人还没反应过来之前，他突然跳了下去。这让我们都大吃一惊，我甚至都没来得及开始倒数。

他利用自己所有的跑酷专业技能完美地着陆了，用弯曲膝盖来减轻冲击力，并通过一个刺猬式滚动来减缓冲向前的动力，结果撞倒了托尼。太令人惊叹了。

弗兰克爷爷站起来，重新调整了一下他的帽子，然后说：“我来谈谈放我儿子的事。”

热气球突然开始上升远去，我靠在吊篮边上呐喊：“他不是夏洛克·福尔摩斯。他比夏洛克·福尔摩斯厉害多了。他是我的弗兰克爷爷，他太棒了！”

爸爸吼道：“天哪，弗兰克，你在那上面做什么？等着被你妈妈知道你干的事！”这句话从他嘴里说出来有点儿可笑，明明他才是被挟持的人质。

妈妈出现在我身边，用她那“我对你很不满”的语气说道：“喂，弗兰克。”

爸爸一定知道他的处境不妙，因为他结结巴巴地说：“坦，我的天使，你还好吗？”

妈妈不得不大声喊叫，因为热气球越飞越高了。“这下好了，你这次真的把事情搞糟了，是吧？该死的二十万！还把自己搞到第二次被绑架，而且又是在停车场的顶楼上。上次之后我是怎么跟你说的？”

“你说过不要再是停车场的顶楼，我的宝贝。但我真的没有选择，地点是凯先生决定的。”

气球戴夫关掉燃气，我们肯定又被卷入了另一股气流里，因为我们朝着他们的方向飞回去了。我们能听到凯先生说：“要主导一场有说服力的谈判，停车场顶楼有明显的优势。”

弗兰克爷爷向前迈进了一步，说：“那我们来谈判吧。”

凯先生扬起了一条眉毛。“你带现金来了吗？”

“我们可以去取。”弗兰克爷爷说完，抬头看着我，“我没说错吧，弗兰克？”

我说：“噢对，嗯，关于那笔钱……”

在我解释清楚之前，气球戴夫就说：“又来了一股强气流！”气球向上一飞，被带离了停车场的顶楼。

第 37 章

没人能就最佳降落点达成一致意见

随着我们越飘越远，弗兰克爷爷、爸爸、托尼和凯先生变得越来越小，妈妈则越来越生气，她说：“快把我们带回去，我们不能留下那两个人自行解决这个问题。”

气球戴夫说：“我可控制不了天气。”

妈妈并不认为这是一个充分的理由。“你把热气球降落在停车场的顶楼上，否则我会自己来操控。”这让我很担心，因为妈妈连开车都有问题，更不用说控制热气球了。

迪奇一定是察觉到了妈妈不高兴，于是把它的前爪放在气球戴夫的肩膀上汪汪叫，表示对妈妈的支持。珍妮丝和保罗试图把它拉下来，但它一点儿也不肯。最后，气球戴夫让步了，他说：“好吧，我会试试，但请叫你的狗让开。”

妈妈说：“下来，大狗。”迪奇下来了，然后到她身旁摇了摇尾巴。

气球戴夫摆弄着燃气，我们上升又下降，接着飞得离停车场更远了。然后，他把我们带到了很高的地方，说：“我会再试一次。”

妈妈说：“快点儿，我们可没那么多时间。那下面是我的家人，我不愿看着他们陷入麻烦，而你却在这里拖拖拉拉地操弄你的热气球。”

气球戴夫看上去像是要对她大发雷霆了，但她却给了他一个“我不是在开玩笑”的眼神，迪奇又汪汪叫了起来，于是他又回头继续操弄他的热气球。不久后，我们正好飞到了停车场顶楼的正上方，然后开始下降。妈妈说：“那里看起来是个好位置，在那辆红色的福特车和蓝色的标致车之间。”

“或者靠近那辆货车那边？”珍妮丝建议。

保罗指着一辆悍马旁边的另一个空位，但妈妈说：“不行，另一边的宝马停放得歪歪斜斜的，热气球进不去的。”接着她又说：“够了，挑一个吧，戴夫！那里有很多选择，而你却在漫无目的地兜圈子。”

气球戴夫大声地喊道：“再说一遍，气流不是我能控制的。这东西会降落在它想降落的地方。”

它碰巧降落在了妈妈最初建议的位置。我觉得，从气球戴夫脸上的表情来看，他在期待着得到一些掌声，但他没有从妈妈那里得到。她只是说：“看，这并不难，对吧？”

妈妈和我留下戴夫、珍妮丝、保罗和迪奇，跳出了吊篮，从热气球下爬出来，然后跑向爸爸和弗兰克爷爷。凯先生和托尼旁边多了另外两个人，他们长得很像凯先生，我猜他们是他的亲戚。凯先生嘎嘣嘎嘣地掰了掰指关节，用一种威胁的口吻说：“好吧，你们谁是——”

但是妈妈打断了他，喊道：“弗兰克·詹姆斯·达文波特！你现在告诉我这到底是怎么一回事？”

爸爸的双手还被绑在背后，被托尼抓着。他低头看着地面，把鞋子蹭来蹭去。“情况有点儿失控，坦。我之前向他们借了钱，嗯，利息越滚越高，金额越来越大，我知道我永远也还不清了。我以为搬家后他们就找不到我了，结果他们还是追踪到了我们。你从来没有赢得过网球俱乐部的会员资格，这都是他们为了找到我的诡计。如果你当初没有——”

“你竟敢把这怪罪到我头上，弗兰克！我发誓我——”

凯先生这时突然插话道：“谁能解释一下我为什么要听这一家人的家务事？我在进行一场——”

但是妈妈抬起手，又打断了他的话。“呃，不好意思，”她相当激动地说，“我正在和我的先生说话。”

托尼说：“我会让凯先生说话，如果我是你的话。”

妈妈说：“哦，别让我骂你！滚回你的日光浴床去！”

那两个看起来很像凯先生的人窃笑起来。

托尼说：“老大，你继续放纵她那样跟我说话吗？”

“我早该意识到你不是一个真正的网球教练，就在你告诉我平局是靠球员掰手腕来解决的时候。”妈妈接着说。

所以这至少解释了为什么她的网球技术仍然那么糟糕。

凯先生说：“大家能不能都闭嘴，让我搞清楚今天有没有人需要去顶楼上飞行课。所以，你的意思是那个孩子是带着钱的人？”

弗兰克爷爷把我拉到他身边，然后说：“他身上没带钱，但我们可以取到，只要去趟银行就行了。我向你保证。”

凯先生目不转睛地瞪着我。“孩子，这是真的吗？你有二十万英镑可以给我？”每个人都看着我，等待我的回答。我知道我接下来要说的话不会被大家接受。

“怎么样？”凯先生说，“你有吗？”

弗兰克爷爷轻轻地推了推我。“说吧，弗兰克，告诉他你很有钱。我们已经玩够了，我不需要我的西班牙别墅，我们现在需要解救你的爸爸。”

我使劲咽了口口水，看着爸爸的眼睛说：“对不起，我不知道你会需要这笔钱。我没有了。”

“什么意思，你没有了？”妈妈、爸爸和弗兰克爷爷异口同声地说道。

我更用力地咽了一下。“我花光了。”

我是对的，这个小小的真相不被大家所接受。事实上，它就像一只铅球把大家砸蒙了。

第 38 章

有些情况没有出路

我站在格雷斯比的顶楼上，感到特别窘迫，因为所有人都在凝视着我。我觉得是我让大家的心情变得低落的——妈妈、爸爸、爷爷……我甚至对凯先生感到有点儿抱歉，他看起来因为突然没钱进账了所以很失望。

当妈妈说“小伙子，你现在最好别开玩笑了”的时候，我能看出她在抑制自己的愤怒。

爸爸说：“他最好是在开玩笑。”

“对不起。”这是我唯一能说的话，“我以为我这么做是对的。”

“你把钱花在什么地方了？”妈妈问道，她声音里的愤怒消失了，取而代之的是一种更糟糕的情绪，叫作绝望。

我决定还是实话实说吧，于是我深深地吸了一口气，然后告诉她："一次豪华轿车之旅、几次出租车、一次热气球飞行，还有我租了迪奇。一次和老海豚一起游泳的经历、一次跟阿克尚上的跑酷课程、一次大脚车的奔腾体验、一辆送给布伦达的新轮椅。一套虚拟的网球游戏和高尔夫球模拟器、一个机械公牛和一个舞蹈游戏机——哦，还有一个热水浴缸。"

妈妈眨了眨眼睛，什么也没说。

爸爸从顶楼的边缘往下看了看，有点儿绝望地说："那是很多东西，弗兰克，但加起来不可能有四十六万两千英镑。肯定还有剩余的钱吧。"

"最好还剩余一些钱。"托尼一面说，一面推了一下爸爸。

我摇了摇头。"我还买了别的东西。"

"还有别的？有了那一堆东西，你还会需要什么？"爸爸说。

"我买下了秋叶之家。"

"什么?！"妈妈喊道。

"我买下了老人们的家。"

"我知道秋叶之家是什么，我不明白的是你一个十一岁的小孩子为什么要买下它？你要那一栋满是退休老人的房子来做什么？"

我深深吸了一口气，好把想说的话都说出来。"我买下它是因为我要住在那里。我想和弗兰克爷爷待在一起，照顾他，因为我很擅长，也很享受。而且，他是我唯一的朋友，我感觉那里是我见过最像家的地方。”

爸爸说：“我从来没有听过这么荒唐的事。”

“弗兰克爷爷现在是我的家人了，我是不会抛弃他的。是你说你不能抛弃家人的。”

弗兰克爷爷捏了捏我的肩膀，说：“哦，弗兰克，我不知道该说什么好。”

爸爸似乎也不知道该说什么好，他结结巴巴地说：“嗯，我说家人的时候，我……我……好吧，你懂我的意思……不是他。”

我简直不敢相信我所听到的。“弗兰克爷爷刚刚为了你从热气球里跳了下来！”

爸爸说：“我从来没叫他那样做。”

凯先生用手搓了搓脸，用一种厌烦的声音说：“那么，我的理解是……没有钱，对吧？”

我摇摇头。

“看来你们让我别无选择了……”凯先生看了一下托尼和另外两个人，然后点了点头。

我说：“不，请不要这样！我会取到钱的，我保证！”

“孩子，这句话刚才听过了。”托尼说着，把爸爸往顶楼边缘又推了一步。

我抬头看着弗兰克爷爷，用非常惊慌的语气说：“弗兰克爷爷，我们该怎么办？”

但在他回答之前，妈妈就向托尼扑了过去，让我们都大吃一惊。她喊道："如果有人要把我的丈夫从顶楼上扔下去，那也只能是我来扔！"

我不认为她说的真的是那个意思，但她一定是被当时的紧迫感给激怒了。不管怎么说，她朝托尼的膝盖下方扑过去，利落地击倒了托尼。这让我觉得她之前练习网球是在浪费时间，她应该研究一下橄榄球。

爸爸扭动着身体，试图挣脱出来。他的胳膊仍然被绳子绑在背后，他看起来有点儿像一只惊慌失措的毛毛虫在地上爬行。另外两个家伙试图抓住他，但他出奇敏捷地不停蠕动。弗兰克爷爷和我冲过去想扶他站起来，但紧接着凯先生的人抓住了我们。

弗兰克爷爷喊道："放开我孙子！"

我也喊道："放开我爷爷！"

与此同时，仍然被妈妈压在身下的托尼开始大喊救命。他竭尽全力地想把她推开，但她开始挥舞拳头，显然占据了上风。

凯先生不以为意，他说："大家能不能别那么废物？这可不是我的做事风格！"然后他非常粗暴地抓住妈妈，把她从托尼身上拉开了。

不知道迪奇是从哪里看到的，但他一定是看到了妈妈被粗暴地对待，所以很不高兴。弗兰克爷爷和我都听到了它的嚎叫声，并预测到了接下来将发生的情况。迪奇从一排停放着的汽车中间跳出来，穿过停车场径直冲向了凯先生，珍妮丝、保罗和戴夫紧跟其后。

凯先生一看见它，立刻松开妈妈，举起双手说：“天哪，这是哪个来自地狱的猎犬？”

弗兰克爷爷笑眯眯地说：“这是迪奇。它是我的狗，它现在看起来不太高兴。”

凯先生又把嘴张得大大的，但还没等他说什么，迪奇就猛地一跳，扑向了他。凯先生重重地摔倒在地面上。迪奇把它的大爪子摁在凯先生的胸前，用它的鼻子对着凯先生的鼻

子，咆哮着。

于是我们就成了这样：爸爸像毛毛虫一样趴在地上，弗兰克爷爷和我试图从凯先生手下的手中挣脱出来，妈妈在向托尼挥拳，凯先生则被迪奇按在地上，而珍妮丝、保罗和戴夫只是在旁边傻傻地看着。仔细想想，这并不是他们能做的最有用的事。

而这正是当我们都被刺耳的哨声吓到的那一刻所发生的一切。

第39章

永远不要低估一个老人

所有人停止了挣扎、挥拳、学毛毛虫和无用的旁观。就连迪奇也停止了咆哮，只为了看看那个吹哨的人是谁。

吹哨的人站在我们之前经过的一辆黑色SUV旁边。她穿着一套黑色丝绒运动服，脸上化了浓妆，顶着一头像淡紫色棉花糖的头发，皮肤皱巴巴的像白葡萄干。她看起来不太高兴。她听起来也不太高兴。她说："看到眼前这个情况，我很不高兴。一点儿也不高兴。"

弗兰克爷爷重新整理了一下他的猎鹿帽，说："真不敢相信。是弗洛伦斯？"

"是花样游泳队的弗洛伦斯！你在这里做什么？"我说。

"弗洛姑姑。"凯先生说。

“弗洛姑姑？”大家异口同声地问道，因为这一切都令人很困惑。

她再次吹响哨子，然后说：“大狗，下来！”迪奇乖乖地照她说的做了。接着，她大步走到凯先生身边，用她那满是皱纹的手指着他。“这本该是一份很简单的工作——拿了钱就走，我告诉过你的。但不知道你怎么搞的，你还是像往常一样，把它变成了一件史诗般却毫无意义的灾难。”

凯先生垂眸看着地面说：“我很抱歉，弗洛姑姑。”

弗兰克爷爷说：“弗洛伦斯，你认识这些人？”

“他们是我的侄子，在我的贷款公司工作。”

我忍不住脱口而出：“我还以为你是个花样游泳教练，而不是一个非法放贷公司的老板呢。”

弗洛伦斯端详了一下她涂成红色的指甲，然后看着我说：“女人可以两者兼而有之。”

这两者似乎不是一个寻常的组合，但如果要问我学到了什么，那就是你永远不应该低估一个老人。

弗洛伦斯跟凯先生还没完事儿。“告诉我，罗伯特，”她说，“你到底想在这里干什么？”

凯先生指向爸爸，这时，爸爸已经趴在地上在停车场蠕动了很远。“我们打算逼他把钱还给我们。

弗洛伦斯深吸了一口气。“那么，如果他不交出钱，你们打算怎么做？把他扔下去？”

凯先生耸了耸肩。“也许吧。”

“在光天化日之下？”

凯先生看了看托尼和另外两个家伙，但他们不愿意和他对视。

“那么，”弗洛伦斯继续说道，“你觉得你们能从他身上拿回我的钱？”

凯先生不安地挪动着脚。“有点儿难。”

“所以，当一大堆格雷斯比的顾客聚集在一起，检查那具被摔扁的尸体时，你怎么能指望在没有目击者的情况下逃脱呢？”说完，弗洛伦斯弹了一下凯先生的额头。我忍不住笑了起来。这实在太好笑了。凯先生正在接受严厉的批评。

“这确实可能是个问题。”凯先生承认。

“罗伯特，我经营的可不是那种放贷公司。我们经营的是家族生意。”

弗洛伦斯看了看我，看了看弗兰克爷爷，看了看妈妈，看了看爸爸，然后看了看其他人，说：“现在我们该怎么办呢？”

托尼说：“如果您愿意的话，我们可以把顾客们都赶走，凯女士。这样就没有目击者了。”

这听起来对我们不太有利。弗兰克爷爷说：“这看起来可不太像是正当家族生意的样子。”

幸运的是，弗洛伦斯说：“我同意，而且碰巧我有一个更好的主意。”她走到弗兰克爷爷面前，摇了摇他的耳罩，说：“我们来谈谈花样游泳吧。”

第 40 章

金钱不是万能的

爸爸之前一直要我相信金钱是世界上最重要的东西。我猜，当我追求奖励的时候，我也开始这样认为了。爸爸是幸运的，因为弗洛伦斯·凯——海豚花样游泳队的主教练，同时也是凯家族贷款公司的老板，不认为金钱是世界上最重要的东西。

对弗洛伦斯而言，世界上最重要的东西是花样游泳。

而且，出于某种原因，她认为弗兰克爷爷是她梦寐以求的人。

“我需要你，弗兰克。”她说，“我从来没有见过在水里有如此天赋的人。你，很，特别。”

这时还趴在地上的爸爸说：“你什么？”

然后托尼、凯先生和其他两个凯先生说：“你什么？”

然后气球戴夫、珍妮丝和保罗说：“你什么？”

然后迪奇把它的大脑袋歪向一边，发出呜呜的声音，像是在说：“你什么？”

然后妈妈说：“不好意思，你把我弄糊涂了。有那么一秒我还以为你是说你想让弗兰克加入花样游泳队呢。”

然后弗洛伦斯·凯看着弗兰克爷爷说：“我是这个意思。”

然后弗兰克爷爷说：“那好吧，但你得花钱。”

然后弗洛伦斯说：“二十万怎么样？”

然后那一刻，弗兰克爷爷便成了史上收入最高的老年运动员。

第 41 章

有时候，你只需要放手一搏

弗兰克爷爷和弗洛伦斯·凯握手达成协议后，托尼打开了凯先生和那几个家伙为挟持人质而封锁的停车场大门。一大群感到迷惑的顾客涌上顶楼去取车，还非常惊讶地看到了一个热气球在起飞——气球戴夫正准备离开。（我觉得他是想在妈妈要求再搭一次便车之前赶紧离开。）

妈妈进入了工作模式——她的客户服务培训开始发挥作用了。她说："我是坦尼娅·达文波特，是格雷斯比的主管。请大家尽快离开，这里没什么好看的。"我以为没有人会买账，结果她确实阻止了局面变得更加混乱。当她决心做好一件事时，她也可以变得很能干。

我们全都向绑架爸爸的人挥手告别，然后他们开着黑色悍马离开了。

珍妮丝和保罗带着迪奇去取回那辆还停在A205公路上的狗车，于是留下了我、弗兰克爷爷、妈妈和爸爸在那里。一时间谁也没说话。我想一开始大家都不知道该说什么。

最后，爸爸打破了沉默。“我想我该叫辆出租车送我们回家。大家今天都累了。”

妈妈双臂环抱在胸前，说道：“哦，这件事对你来说还没翻篇儿，亲爱的，远远还没，我们还得谈谈。”

当出租车抵达时，妈妈给了弗兰克爷爷一个大大的拥抱和一个吻，并说：“今天谢谢你，你真的太棒了。”

我以为爸爸也会去跟他道谢，然后他们会再次成为朋友，一切都会好起来。但他没有。他看着弗兰克爷爷，好像要说些什么，但他张开嘴后又闭上了，只是点了一下头。

弗兰克爷爷说：“没事的，儿子，我都知道。”

爸爸咽了下口水，接着用胳膊搂住了我。“走吧，弗兰克。上车，我们回家吧。”

就这样？我简直不敢相信！“你是在开玩笑吗？”我气急败坏地说道，然后将他的胳膊一把推开，“弗兰克爷爷刚刚为了你从热气球里跳了下来。他同意为你进行高强度的花样游泳训练。他救了你，而你能做的只是点个头？”

“我们都累了，弗兰克。没人想要过度情绪化的场面。”

他也许不想要，但他将会得到这样的场面。“我不坐这辆出租车，因为它不会载我回家。我告诉过你，我的家在秋叶之家。”我想我可能还跺了一下脚，以增加话语的效果。

我以为爸爸会说我又在胡闹了，但在他说话之前，妈妈就从车门探出身子说：“弗兰克，他说得有道理。”

爸爸和我同时说道：“是吗？”因为妈妈以前总是不认为我们俩说的话有道理。

“不是你，是他。”她指着我说，“考虑一下吧，弗兰克。住进那个大房子，你可以有一份工作，一份正当的工作。你也可以不用再耍你的老把戏，干那些非法的勾当了！”

“坦，你在说什么？”

“我是说弗兰克一个人照顾不了那么多老人，但你可以吧，亲爱的？”

我说：“我能行！我很擅长照顾老人。”但我顿时明白了她的意思，于是马上改口说：“但他们其中一些人可能比较难照顾，要是有个帮手就好了。”

“怎么样，弗兰克？我们一起搬进去如何？我们一定可以好好地组建一个家。”

弗兰克爷爷说：“我说，这也太好了。你觉得呢，儿子？你愿意给我一个机会来弥补错过的时光吗？”

爸爸还没来得及回答，妈妈就说：“我都不知道为什么还要问你，我们这不就是在做这件事吗？现在大家快上车，计价器在跑呢。”

爸爸知道他寡不敌众了。他看着我，耸了耸肩。

我也对他耸了耸肩。

接着，他露出一个大大的发自内心的笑容，他揉了揉我的头发，说：“阳光明媚，鸟儿鸣唱。这正是一位父亲与他最喜欢的儿子共度好时光的一天。”

然后弗兰克爷爷说：“说得没错。”

爸爸打开出租车的门。“走吧，爸爸，我们一起回家。”

弗兰克爷爷坐进车里，摘下帽子，用耳罩轻轻地擦了擦眼睛。“嗯，今天将是我永生难忘的一天。”

尽管他后来真的忘了。

第 42 章

每个人都需要爱和关怀

我们全家一起搬到了秋叶之家，达文波特一家成了这间养老院的主人。说实话，我是以超低价买下它的。因为那个叫埃里克的房主急着要钱。后来，我才听到一个传言，说他当初在惹恼了一个叫“吹哨人”所领导的贷款公司后跑路了。所以，也许弗洛伦斯不止帮助过我们一次。

很幸运地，妈妈、爸爸和史蒂芬都非常支持我为老年人提供优质娱乐设施的想法：我们安装了一面攀岩墙、一个最先进的健身房、一个你在必胜客可以看到的冰激凌机，还有一个专门用于激光枪战的房间。我不认为我在夸大其词，秋叶之家绝对是整个银河系中最好的老人之家。再说，因为这里所有的老人都生活得很开心，所以没有人试图偷偷闯出去，我也就不需要在四周安装电篱笆了。

弗兰克爷爷证明了他那二十万英镑的签约费是物超所值的，因为海豚队连续两年在全国老年人花样游泳锦标赛中夺得了金牌，弗洛伦斯·凯为此特别高兴。她向秋叶之家投入了大量的资金，因为她认为这里是花样游泳人才的最佳来源。我们每周两次用巴士将所有住户送到游泳馆进行培训，海豚队现在有超过三十名成员了。

一段时间后，弗兰克爷爷不得不停止游泳。那对他来说负担太大了。很多事情已经让他负荷不了。你得明白，那是在他脑子里的问题。有时他知道我们是谁，但大多数时候他都不知道。这令我非常难过，但并不妨碍我继续爱他。他仍然是我的弗兰克爷爷、我最好的朋友，而我仍然是他的孙子。

他和爸爸从来没有聊过为什么他们当初会闹翻，他们没有商量和讨论任何问题，他们只是选择了重新开始。

爸爸说他希望能早点儿和爷爷和好，但我想人们往往不懂得在适当的时候说适当的话。有时候，我们说的时机太晚了。有时候，我们根本就不说出口。但有时候，如果我们幸运的话，我们会听见我们想听的话，即使是以我们意想不到的方式。

事情发生前不久，我去休闲室看了弗兰克爷爷。当其他住户在外面玩躲避球游戏时，史蒂芬为爷爷准备了颜料和画布，并对他说："你何不画一画让你快乐的东西？"

我把脚凳挪到爷爷身边，摸了摸迪奇，说："弗兰克爷爷，你好吗？"

他在画布上涂了一点儿颜料，然后抬起头对我说："嗨，儿子，你的哥哥文尼呢？"

"他在爱尔兰参加展会呢，弗兰克爷爷。"

"是这样啊。"

他看起来有点儿难过，就像他每次感到困惑时的样子。于是，我转换了话题："你在画的这些是什么？"

他皱着眉头看着自己的作品。"我也不太知道，我弄不清楚这到底是什么。"

诚然，弗兰克爷爷并不是最出色的艺术家，但我能看出他画的是什么。画里有一个热气球和一辆大脚车，一个满是加拿大鹅的池塘和一个满是菠萝的游泳池（我猜这是海豚花样游泳队），一个越过高墙的火柴人形象（我觉得这是经过艺术加工的他），还有迪奇和贵宾犬帕特里夏，还有穿着银色大衣、看起来有点儿像帕特里夏的妈妈。

还有我、爸爸和弗兰克爷爷一起在山谷球场看查尔顿足球队的比赛。

他画了我们完成的遗愿。

他接下来说的话，让我怀疑他是不是知道即将发生的事。因为他说："儿子，我想我已经活出我最棒的人生了，对吗？"

我说："当然了，弗兰克爷爷，最棒的那种。"

这时，爸爸走了进来，手里拿着一包冰冻豌豆敷在额头上。他说："那个布伦达可真会扔球。"接着他看了弗兰克爷爷的画，说道："哇，这画得太棒了吧！"

弗兰克爷爷伸出手说："老弗兰克·达文波特，很荣幸见到你。"

爸爸笑着回答："见到你我也真的很荣幸，先生。"

"这是我的儿子，也叫弗兰克。"弗兰克爷爷接着说，"弗兰克这个名字是个家族传统。他是最聪明的孩子，我为他感到骄傲。我全心全意地爱着他，但我觉得自己表达得还不够，我希望他知道我很爱他。"

爸爸深深吸了一口气，用微微颤抖的声音说："嗯，我想他现在知道了。"他俯下身子，在弗兰克爷爷的脸颊上亲吻了一下，然后抱着他，说道："我爱你，爸爸。"

爸爸清了一下嗓子，眨着眼睛走出房间，因为他还坚信达文波特家的男人是不可以哭的。

他走后，弗兰克爷爷皱着眉头对我说："呃，他这个人是不是像一个傻瓜？"

我现在把那幅画挂在了我的房间里，就挂在弗兰克爷爷的猎鹿帽上面。每一次看着它的时候，我都会领悟到一些新的东西。

例如，你有时必须切换角度来明白一些道理。打个比方，乘坐热气球到很高的地方去。

或者，关心别人（包括大狗狗），其实也可以给你带来快乐。

还有，即使感到尴尬，有时你也应该放手一搏。因为你永远不知道，你可能会做得很出色。（而一旦你投入其中，亮片泳衣其实也不算太糟糕。）

还有，总有你必须迎难而上的时候，尤其是那些挡住你去路的墙。

还有，并不总是那些大的东西才能击垮你，你也必须关注小的东西，哪怕你开着一辆大脚车，感觉自己所向无敌。

还有，人总会犯错，所以最好还是原谅他们。

但最重要的是，这幅画每天都在提醒我，要活出自己最棒的人生。

在爷爷去世不久后，福斯特先生现身秋叶之家的接待处，跟我们谈弗兰克爷爷的遗嘱。他临走时对我说："很抱歉，我是在你爷爷去世后才想起要查这件事，有一件事要和你谈谈。我在你诺拉奶奶的遗产中找不到任何可以作为照顾弗兰克爷爷的神秘奖励，似乎没有这个东西。"

我想了想我和爷爷经历的这一切，以及我收获的所有东西，然后说道："你错了。"

我的名字叫弗兰克·达文波特，跟我爸爸的一样，也跟我爷爷的一样。这就是关于我们的超级遗愿清单的故事。

完

查尔顿竞

多了解你家里的老人！

猜猜这些杰出老人的年龄

八十岁高龄的弗兰克爷爷证明了热气球、大脚车和史诗级的跑酷不再是孩子们的专利。你能猜出以下这些杰出老人的年龄吗？

1. 迪基·博思威克是英国年龄最大的业余足球运动员。自1948年以来，他已经参加了超过1,600场比赛。你知道迪基多少岁了吗？

2. 跳了一辈子舞的芭芭拉·彼得斯于2015年重返芭蕾舞训练场，正式成为英国年龄最大的芭蕾舞者。你能猜到芭芭拉多大了吗？

3. 上尉汤姆·摩尔爵士最出名的事迹是在自家花园里走了100圈，为英国国家医疗服务体系筹集了3,900万英镑。你知道他创下英国步行慈善活动筹集善款最高个人纪录时是多少岁吗？

4. 多丽丝·西塞利·朗在85岁时才开始练习绳降。2015年7月12日，她在英国朴次茅斯从170米高的大三角帆塔上跳下，你知道她当时多少岁了吗？

5. “电竞奶奶”森滨子在1981年第一次接触电子游戏，现在她已经被公认为世界上最年长的电竞博主。你知道她多少岁了吗？

6. 白天，岩室纯子在她的餐厅里供应食物，但到了晚上，她摇身一变为唱片骑师，为舞池里的人们打碟。你觉得这位最年长的唱片骑师的年龄有多大？

答案（截至2021年）：

1. 85岁
2. 83岁
3. 99岁
4. 101岁
5. 91岁
6. 86岁

作者的话

亲爱的读者：

我很幸运，我拥有四位了不起的祖父母，他们都是我生命中很重要的一部分。他们有智慧，有才华，最重要的是充满生活的乐趣。但看到他们慢慢变老、身体出现不适或即将走到生命的尽头——就像弗兰克爷爷在这个故事的结尾那样，难免令人感到忧虑。

如果你因为你的祖父母随着年龄的增长而感到担忧或困惑，请务必跟你的父母、监护人、老师或你信任的成年人聊一聊，因为他们能够倾听你的烦恼。他们还可以帮助你在网上找到支援，包括慈善机构，他们可以回答或者讨论关于疾病（比如阿尔茨海默病）和丧亲之痛的疑虑。

当祖父母变老或身体不适时，这可能意味着他们不能和你一起去体验大脚车或跑酷了，但这并不代表你们不能找到共度时光的方式，也不代表他们对你的爱减少了。

当你爱的人去世时，你也有很多方法可以让回忆永存。你可以唱他们喜欢的歌，享受及分享他们喜欢的食物，讲他们以前讲过的笑话，以及和你的亲朋好友分享这些回忆。弗兰克收藏了一些对弗兰克爷爷来说很特别的东西，每当他思念爷爷的时候，都可以拿出来看看。即使他们不能在一起了，但他们之间的纽带永远存在。这就是爱最特别的地方——你可以永远把爱放在你的心中。

詹妮·皮尔森